Rainer Kolbe
Meine Tage als Herr Pastorin

Für Lina

Rainer Kolbe

Meine Tage als Herr Pastorin

Das Kind, das Dorf und der Hund

Das Beste aus 400 Kolumnen

Mit Illustrationen von Sina Arlt

KJM Buchverlag

1. Auflage, Oktober 2020

Simrockstr. 9a, 22587 Hamburg
www.kjm-buchverlag.de
ISBN 978-3-96194-123-0

Herstellung und Gestaltung: Eberhard Delius, Berlin
Lektorat: Norbert Klugmann und Katrin Köhler, beide Hamburg
Druck und Bindung: Beltz Grafische Betriebe, Bad Langensalza
Printed in Germany

Inhalt

Verkehrte Welt

Ein Städter auf dem Land. Als Vater und Hausmann und Gatte einer Pastorin, diese voll berufstätig. Es war eine verkehrte Welt, die wir in ein kleines Dorf auf der Halbinsel Eiderstedt brachten. Dabei wollte ich ja gar nicht aufs Land ziehen! Und noch davor wollte ich auch gar nicht heiraten, und Kinder wollte ich eigentlich keine, jedenfalls nicht gleich ...

Dann kam alles anders: Heirat, Kinder und aufs Land. Und ich war jetzt zuständig für die Kinder, das Haus, den Hund, die Meerschweinchen und die Touristen, die ihre Nasen an die Fensterscheiben des Pastorats drückten. »Und was machen Sie so?« Eine nicht seltene Frage. Ja, was machte ich so ...?

Antworten gibt dieses Buch. Ein Buch über eine Welt, in der für mich alles anders kam als geplant. Eine wunderbar verkehrte Welt. Mit Kind und Hund und dem Dorf und der Pastorin selbst. Und mit mir, dem Herrn Pastorin.

Mehr als 400 Geschichten dieser verkehrten Welt sind über einen Zeitraum von gut acht Jahren in der NORDELBISCHEN erschienen, die mittlerweile EVANGELISCHE ZEITUNG heißt. Dieses Buch präsentiert eine Auswahl – bis zum ersten Pastoratswechsel innerhalb Nordfrieslands. Buch zwei wird dann berichten, wie es weiterging.

Herr Pastorin, also ich, wohnt nach fünfzehn Jahren auf dem Land mittlerweile wieder in der Stadt – im nächsten Pastorat. Mit derselben Lieblingspastorin und den beiden Kindern und dem Hund (auch wenn das schon ein anderer ist als in den Geschichten) und den Kaninchen (die Meerschweinchen sind groß geworden, sozusagen).

Diese fünfzehn Jahre waren übrigens ziemlich richtig, richtig gut und lehrreich, überhaupt nicht verkehrt, aber lesen Sie selbst.

Rainer Kolbe

Karre statt Knarre

Wann ist ein Mann ein Mann?

Vater K. und ich schieben unsere jeweilige Kinderkarre mit unserem jeweiligen Kind durchs gemeinsame Dorf. Wir sind beim Kinderturnen gewesen und jetzt auf dem Heimweg. Unterwegs begegnen wir dem Nachbarn Z.

Nachbar Z. ist ein gestandener Mann mit ordentlich Muckis. »Ein Mann wie ein Baum.« Bei uns in der Gegend heißt das »Ein Mann wie ein Deich«. Dieser Deich grüßt nun Vater K. und mich, betrachtet uns und unsere Herzallerliebsten in den Karren und sagt »Na, Männer?!« Mit Betonung des Wortes »Männer«. Die Betonung gefällt mir nicht. Und als ob das nicht bereits reicht, legt er noch nach: »So gut möchte ich es auch einmal haben!«

Wann ist ein Mann ein Mann? Früher, also wohl vor meiner Zeit, war ein echter Kerl einer, der mit der Knarre in den Wald ging und mit frischem Wildschweinkleinklein für Frau und Kind zurückkam. Nun gibt es bei uns an der Küste kaum Wälder. Auch mit Fischkleinklein kann ich nicht nach Hause kommen, unser Dorf liegt nicht am Wasser. Und würde ich zum nächsten Deich radeln und schösse ein Lamm von ihm herunter, es gäbe wohl einigen Ärger.

Vor meiner Zeit gab es Männer mit Muckis und Männer mit Knarre. Wenn die mit Muckis einem schräg kamen, hatte man – so man nicht über Muckis verfügte – wenigstens noch die Knarre. Heutzutage haben Vater K. und ich nur die Karre mit Kind drin, uns Berufsvätern kam im Verlauf der Evolution das »n« abhanden.

Wann ist ein Mann ein Mann? Es ist viele Monate her, dass ich dieser Frage grundsätzlich auf die Spur kam. Das kam so: Das Kind und ich begleiteten Mama und Ehefrau zu einer Besprechung ins sogenannte Predigerseminar in eine ferne Kleinstadt. Vor der Besprechung blieb noch Zeit zum Plaudern und Kaffeetrinken auf der Terrasse. Zum Abschied küsste meine Frau mich und herzte ihr Kind – riss es sich aber sofort wieder vom Schoß und warf es mir in die Arme, ich fing es auf, feucht war die Lütte, klebrig und stinkend. Es sickerte an allen Enden heraus. Die Latzhose als Ganzkörperwindel.

Meine Frau krauste die hübsche Nase und sagte mit einem Lächeln: »Schatz, ich hab' jetzt einen Termin!« – und verschwand hinter gepolsterte Türen in eine kleinkinderlose Welt.

Ich habe das anrüchige Problem gelöst. Ich werde niemandem verraten, wie. Auch Nachbarn Z. nicht, besonders Nachbarn Z. nicht. Denn so wie ein Mann auf seine ureigenste Weise zum Mann werden muss, so muss auch ein Vater ein Vater werden auf seine Weise. Und manchmal ist dieses Vaterwerden sehr männlich, mit Knarre oder ohne. Mit Karre oder ohne. So viel immerhin sei gesagt: Niemand kam zu Schaden, körperlich nicht und auch nicht psychisch. Aber es war knapp.

Wenn ich heute den Satz »Schatz, ich hab' jetzt einen Termin!« höre, klingt da etwas sehr Männliches mit – für mich.

Frau Kolbe, bitte

Total feminine Züge

Wenn man an unterschiedlichen Orten groß wird und vielerlei Leute und Mentalitäten kennenlernt, lernt man auch eine Menge über den Umgang der Geschlechter miteinander – nicht zuletzt in sprachlicher Hinsicht. Schnell gewöhnt man sich Zungenbrecher an wie »liebe Kommilitoninnen und Kommilitonen«, »geehrte Vikarinnen und Vikare«. Wenn man schon fast bei »liebe Mitmenschinnen und Mitmenschen« angekommen ist, kommt man im wirklichen Leben an – und da ist natürlich alles ganz anders.

Bei uns im Dorf heißt das Kinderturnen nämlich nicht Kinderturnen. Es heißt Mutter-Kind-Turnen. Auch auf Nachfrage. Ein »Das-hieß-schon-immer-so!« klingt in der Antwort mit. Ich bin etwas irritiert, leben wir nicht in modernen, gleichberechtigten Zeiten? Ich frage bei der Vereinsleitung nach und bekomme zu hören: »Das hieß schon immer so!«

Da ist also die Vorturnerin C., dazu einige Väter und einige Mütter, die mit ihrem bewegungsfreudigen Nachwuchs diese Gruppe in der Hoffnung besuchen, das Kind konsequent in die Erschöpfung zu toben, sodass es abends zügig einschläft.

Heute sind zwei Väter beim Turnen und drei Mütter und fünf Kinder. C., ganz die Menschenkennerin, fordert: »Alle Mütter machen jetzt einen groooßen Schritt nach vorne!« Vater N. blickt mich an, ich blicke Vater N. an. Wir verstehen einander sofort. Vater N. und ich bleiben stehen. Vorturnerin C. guckt fragend, denkt grübelnd, verdreht die Augen. »Alle Mütter und alle Väter machen jetzt einen groooßen ...« Na also, geht doch.

Diese kleine Revolution endete leider schon um 16.30 Uhr, der Funke sprang nicht über. Noch nicht. Vater N. und ich arbeiten daran.

Und es gibt noch viel Arbeit! Vor vier Wochen saßen das Kind und ich im Wartezimmer beim Kinderarzt und lasen ein Buch. Irgendwann waren wir dran und wurden mit den Worten »Frau Kolbe, bitte!« ins Behandlungszimmer gebeten, fast dachte ich, meine Tochter sei gemeint. Korrigiert oder entschuldigt hat sich die Sprechstundenhilfe nicht. Ich glaube, sie hat ihren Fauxpas gar nicht bemerkt. Und ich besitze ja auch total feminine Züge. Zum Beispiel ein kleines Kind an der Hand.

Was mich stört, ist weniger die Ungerechtigkeit gegenüber den armen Vätern. Sondern die Gedankenlosigkeit, mit der auf der einen Seite mehr Engagement von uns Vätern erwartet wird, die tatsächlich engagierten Vätern dann jedoch zu oft einfach übersehen werden. Ich will ja nicht beim Kinderarzt vorgelassen werden, weil ich ein Vater bin. Aber ernst genommen möchte ich schon werden, nicht als bunter Hund oder Paradiesvogel, sondern als ganz normaler Vater. Stellen Sie sich vor, meine Frau hätte mit Kind im Wartezimmer gesessen, und dann »Herr Kolbe, bitte!«! Der Aufschrei würde bis heute nachhallen.

Das Kind und ich gehen inzwischen souverän mit der Situation um und besuchen weiter diverse »Mutter-Kind-Kurse«. Wenn Vorturnerin C. beim Mutter-Kind-Turnen wieder alle Mütter auffordert, einen groooßen Schritt nach vorne zu machen, bleiben Vater N. und ich einfach wieder stehen: C. lernt das schon noch. Und wenn nicht von uns, dann bei den folgenden Väter-Generationen.

Moin, Herr Pastorin

Und was macht der Mann der Pastorin hier so?

Neulich, im Supermarkt, rennt das Kind ein altes Mütterchen um. Ich helfe dem Mütterchen von den Fliesen hoch, sie dankt, erkennt mich und grüßt freundlich: »Moin, Herr Pastor!« Dann stutzt die gute Frau und meint kopfschüttelnd: »Nee, das geht ja irgendwie auch nicht!?« Recht hat sie, aber der Frau kann geholfen werden – es heißt »Herr Pastorin«. Denn ich bin emanzipiert und mache das, was in Hunderten von Jahren hier vor Ort die Frau vom Pastor gemacht hat, eben »Frau Pastor«.

Als da wären: Gemeindebüro saugen, Kuchen backen, Stühle aus dem Gemeindesaal in die Kirche schleppen, danach noch zwei Tische. Kirche aufschließen, Glocken läuten, Kirche abschließen. Diverse Post- und Botendienste, mal eben in die Druckerei fahren. Stühle aus der Kirche zurück in den Gemeindesaal schleppen, danach noch zwei Tische. Zur Entspannung alte Grabsteine aus dem Erdreich stemmen.

Natürlich mache ich das nicht täglich. Wer sollte die ganzen Kuchen essen? Ich mache auch nicht alles ständig – aber alles immer wieder mal und immer wieder gerne. Recht eigentlich betrachtet sind einige Dinge dabei, die Frau Pastor in den letzten Hunderten von Jahren eher selten gemacht haben dürfte, Grabsteine aus dem Erdreich stemmen zum Beispiel. Dafür backe ich dann einen Kuchen weniger. Obwohl: Grabsteine stemmen macht hungrig.

Es klingelt an der Tür. »Guten Tag! Ich wollte Sie fragen, wann ...« An der Grußformel erkennt man den Auswärtigen. Bei uns sagt man »Moin« zu allen Unzeiten. Und fragen wollte mich als Mensch und Mann noch nie jemand etwas. Wenn, dann meine Frau.

»Ach, Sie sind gar nicht der Pastor? Ich dachte, ich meine, äh, draußen auf dem dicken Stein steht doch ›Pasters Hus‹?«
»Ja, meine Frau ist hier Pastorin.«

Dass eine Frau berufstätig ist, ist nicht wirklich neu. Bäckerinnen und Lehrerinnen kennt man. Natürlich die Bäuerinnen.

Dass Frauen auch Pastorinnen werden können und sogar einer ländlichen Gemeinde vorstehen, ist etwas jüngeren Datums. Meine Frau ist hier die erste Pastorin seit neunhundert Jahren, also seit Bestehen der Gemeinde. Der christlichen Gemeinde.

Dem freundlichen Menschen, der an der Tür geklingelt hat, dämmert jetzt die zwangsläufige Frage: Und was macht der Mann der Pastorin hier so, außer im Türrahmen zu stehen? Hat der nix zu tun? Doch, hat er, Teil eins siehe oben, Teil zwei kommt in Kürze aus dem Kindergarten zurück.

Beim vorletzten Geburtstagsbesuch, den meine Frau als Pastorin absolvierte, wurde sie gefragt: »Wer passt denn jetzt gerade auf Ihr Kind auf?« Wohlgemerkt, der Fragenden war bekannt, dass meine Frau weder alleinstehend noch alleinerziehend ist. Dass eine Frau Pastorin ist, damit kann man leben. Aber dass der Mann auf das Kind aufpasst? Der Mann der Pastorin – ein seltsames Subjekt zwischen den Geschlechtern, ihren althergebrachten Rollen und zwischen Tür und Angel.

Emanzipation tut not. Aus dem etymologischen Lexikon: »Emanzipieren: (1) einerseits einen erwachsenen Sohn oder Sklaven aus der väterlichen Gewalt in die Selbstständigkeit entlassen; (2) andererseits auch allgemein bezogen auf die innere Befreiung aus den Fesseln von Herkommen, Weltanschauung und Vorurteilen.«

Ich wurde aus der väterlichen Sklaverei in die Selbstständigkeit entlassen. Nun befreie ich die lokale Gesellschaft aus den Fesseln von Weltanschauung und Vorurteilen. Ich lege Wert auf meinen Ehrentitel »Herr Pastorin«!

Es klingelt an der Tür – sicher wieder ein Fall für Herrn Pastorin.

Advent

Weihnachten droht konkret zu werden

Advent. Zeit der leuchtenden Kinderaugen und gestressten Elternaugen, Zeit des Glühweins und der umgekippten Kakaobecher. Auf dem Dorfplatz steht ein großer Weihnachtsbaum, am Freitag kommt der Küster mit Pferd und Wagen und Geschenken und dem Weihnachtsmann hinten drauf. »Nein, mein Schatz, das ist nicht der echte«.

Advent, Zeit der Wünsche.

»Ich wünsche mir ein echtes Pony, ein Fahrrad mit Pedalen, ein Hochbett, ein rotes Paddelboot wie meine Patentante eins hat, eine neue Unterhose, einen Tesafilmabroller, einen Fotografierer, eine Flöte, ein Pferd, ein echtes Telefon, so welche Puzzles, einen Computer, einen echten Engel, drei Ohrringe: einen roten und einen lilanen und zwei mit Herz, Bastelsachen, einen Spielpapagei – und noch mehr.«

Advent, Zeit für Freunde.

Am letzten Wochenende hatten wir gute Freunde zu Besuch, mit einem Sohn, der sehr konkrete Vorstellungen von Weihnachten hat. Er wünscht sich eine echte kleine Schwester – »sonst bin ich stinkesauer!!«

Nun hat der traditionelle Weg zum neuen Kind einigen Reiz, aber die Lieferzeit ist lang, und die Geduld des Kindes ist gering. Und zur klassischen Methode existieren ja auch Alternativen. Meldung in der Tageszeitung: »Arme Eltern versteigern Baby für 230 Euro«. Allerdings fand die Auktion in Bangladesch statt. Doch warum in die Ferne schweifen? Auf dem Handzettel für den Eltern-Kind-Basar, der bald in unserem Dorf stattfinden soll, lesen wir: »Kinder – Kleider – Spielzeug«.

Leider gab es dann doch nur Kleider und Spielzeug zu kau-

fen. Wir können unseren Freunden also nur zur bewährten klassischen Methode raten, ein Vorschlag, den sie mit Fassung tragen. Das nächste Weihnachtsfest kommt bestimmt, aber bis Ostern sollte die Bestellung im Kasten liegen.

Advent, Zeit der Werbung.

Auf der vorweihnachtlichen Suche nach Spielzeug gerät man unweigerlich an Kataloge, die einem in diesen Tagen per Post pfundweise in die Diele flattern oder die man aus der Post-Spielzeug-Schreibwaren-Kaffee-Filiale mitnahm.

Da liegt zum Beispiel ein Lego-Katalog und zeigt uns, wie wenig sich in den letzten Jahrzehnten in der Werbewelt getan hat: der Prinzessinnen-Palast als »besonderes Mädchenprodukt«. Abgesehen davon, dass das Wort »Mädchenprodukt« seltsam klingt: wieso für Mädchen? Die Jungs spielen mit Ritterburg und Piratenschiff, die Mädchen mit Prinzessinnen-Palast und rosafarbenem Spielhaus. So ist die Welt. Ich fürchte, wir Eltern wollen es so.

Advent, Weihnachten droht konkret zu werden.

Der Kakaobecher des Kindes hat einen Sprung, er ist gestern vor lauter Vorfreude vom Küchentisch gefallen. Der Adventskalender zeigt mit den wenigen verbliebenen Beutelchen, dass die Zeit knapp wird. Kinderaugen leuchten spätadventlich, Elternaugen flackern hektisch. In der Fußgängerzone der nahen Kleinstadt stellt ein nachdenkliches Kind die Frage, weshalb es Weihnachten Geschenke bekomme, obwohl das doch der Geburtstag von Jesus sei. »Halt's Maul«, antwortet die genervte Mutter. Dem ist nichts hinzuzufügen.

Doch: Dem ist sogar einiges hinzuzufügen. Wir haben es selbst in der Hand, ob aus Vorfreude Hektik wird. Weihnachten ist viel mehr als wochenlange Expeditionen durch Geschäfte und Kataloge und das Internet. Weihnachten ist der Moment, an dem alles neu werden kann, weil Weihnachten eben so ganz anders ist. Das können wir hinter der billigen Schokolade vom Weihnachtsmarkt, dem doofen Prinzessinnen-Palast und unserer eigenen Hektik erkennen.

Es ist uns Eltern zu wünschen, dass wir es erkennen. Und unseren Kindern ist zu wünschen, dass wir Eltern es erkennen.

Zehn Fragen pro Stunde

Wie viele Fragen hat ein Kind?

In der Zeitschrift »Neon« – ein mittlerweile nicht mehr existentes Blättchen für alle diejenigen jenseits der zwanzig, die sich noch zu jung fühlten, eine Zeitschrift für Erwachsene zur Hand zu nehmen – waren unter der Überschrift »Unnützes Wissen« einst wirklich nützliche Dinge zu lesen:

»Frauen können ihren Ellenbogen um sechs Grad weiter überstrecken als Männer.« Das ist sehr nützlich: Wenn Mann das Badezimmer gründlich säubern muss und den Abfluss bereits auseinandergeschraubt hat, kann er jetzt guten Gewissens und im Schutz medizinischen Fachwissens sagen: »Schatz, ich komm' da nicht ran, kannst du hier bitte mit deinem gelenkigen Ellenbogen im Knie sauber machen?!«

»›Tiramisu‹ heißt ›Zieh mich hoch‹.« Unnütz? Das spricht Mann schmachtend aus: »Tiramisu …« Entweder wird ihm dann ein leckerer Nachtisch gereicht oder es folgt etwas in der Art »halb zog sie ihn, halb sank sie hin«.

»Ein vierjähriges Kind stellt täglich etwa 400 Fragen.« Unnütz? Endlich steht eine konkrete Zahl im Raum. Alle Eltern schmunzeln und lächeln milde auf ihre Sprösslinge herab. Alle Nichteltern schmunzeln ebenfalls und lächeln mitleidig.

Unser Kind ist vier Jahre und wir konkretisieren: An drei Tagen – Dienstag, Freitag, Sonntag – werden mithilfe unauffälliger Zettelchen an allen möglichen und unmöglichen Orten – ja, auch dort! – Strichlisten geführt, und am sonntäglichen Abend wird die Summe gezirkelt. Im Durchschnitt sind es 472 Fragen pro Tag. 16 davon sind Fragen im Verlauf eines Selbstgesprächs ohne konkreten Adressaten, alle anderen heischen nach Antwort. 456 Fragen, das klingt nach viel. Ist es aber nicht.

Bei der Hälfte der Fragen überlasse ich die Beantwortung aus emanzipatorischen Gründen meiner Frau, bleiben 228 Fragen. Ein gutes Viertel davon kann ich mit einem mehr ablehnenden oder weniger zustimmenden Grunzen beantworten, bleiben 171 Fragen. Davon wiederum betreffen 22 Fragen Kirche, Religion und Glauben, die überlasse ich der hiesigen Pastorin – auch für den keineswegs unwahrscheinlichen Fall von weitergehenden Anschlussfragen. Im Gegenzug bekomme ich allerdings 19 Fragen von meiner Frau gereicht, die mit Lokomotiven, Hunden oder Vögeln zu tun haben, bleiben 168 Fragen. Immerhin 38 Fragen vergisst das Kind noch während des Fragens selbst. Es bleiben 130 Fragen. Das Kind ist von circa sieben Uhr bis circa 20 Uhr wach. Macht zehn Fragen pro Stunde.

Klingt doch überschaubar, oder? Ist es auch.

Denn es sind nicht die 472 Fragen pro Tag, die einem den Nerv rauben können, wenn man sich zum Beispiel gerade auf eine gänzlich andere Sache konzentrieren muss. Es sind die 792 Postulate, 1024 Korrekturen, 198 Drohungen und 1622 Forderungen, die noch hinzukommen! Die paar Fragen beantworte ich ganz locker aus der Hüfte.

Nur Frauen??

Wenn Papa mal nicht da ist

Kurz nach der Geburt des Kindes stellte meine Großmutter mehrere zweifelnde Fragen: »Kannst du denn auch wickeln/füttern/pudern/Fläschchen geben?« Immer wieder stellen sich bis heute skeptische Mitmenschen die Frage, ob meine Frau das eigentlich verantworten kann: berufstätig sein und dann auch noch das dadurch vernachlässigte Kind groben männlichen Händen überantworten?!

Für zweifelnde Mitmenschen steht die Antwort fest: Das kann sie unmöglich verantworten. Für meine Frau ist die Antwort ebenso klar: Sie kann das leicht und gut verantworten. Ich wundere mich, wenn meine Frau gelegentlich gefragt wird, wo sie denn eigentlich das Kind lasse, ihre männlichen Kollegen genau das aber niemals gefragt werden: »Oh Gott, Herr Pastor, Ihre Frau ist jetzt mit dem Kind allein zuhaus??«

Nun ist also der Vater mit dem Kind allein zuhaus und ihm obliegen Wickeln, Füttern, Pudern und Fläschchengeben. Aber unsere Vierjährige braucht all das gar nicht mehr, sie geht auf Toilette, wenn sie ein Bedürfnis verspürt, schenkt sich ein, wenn sie Durst hat, plündert Kühlschrank und Küchenschrank, wenn der Blutzuckerspiegel unter ein gewisses Niveau sinkt. Und so bin ich als Vater aktuell für neue Bereiche zuständig – was aber nicht weniger Arbeit bedeutet: Toilette putzen, mehrmals täglich Kühlschranktür schließen, bevor die alte Kiste endgültig kollabiert, quer über den Tisch gegossenen Apfelsaft aufwischen und unseren braven Hund aus dem Küchenschrank zerren, bevor sein Blutzuckerspiegel über ein gewisses Niveau steigt.

Man weiß, dass ein Kind, das komplett von seiner Mutter betüdelt wird, weil der Vater tagsüber arbeitet – ich habe von solchen Fällen gehört! –, dieser Mutter sehr stark anhängt. Folglich denkt Mann, dass ein Kind, das die meiste Zeit von seinem Vater betüdelt wird, weil die Mutter arbeitet, zwangsläufig diesem Vater anhängt.

Dem ist aber nicht so! Die Forschung wird es uns Berufsvätern irgendwann erklären können, fürs Erste bleibt nur die Erfahrung: »Mama soll mich anziehen!!«, »Mama soll mich ins Bett bringen!!«, »Mama soll mich vom Kindergartenbus abholen!!« Und gern mit starkem Tränenfluss: »Mama, wann kommst du wieder??«

Diejenigen, die sich jetzt die Hände reiben und denken »Kinder sind eben doch Frauensache, das ist so festgelegt, das ist Biologie«, diese Vertreter haben sich zu früh gefreut. Für einige Tage musste ich ins südlich gelegene Ravensburg reisen, um mein krankes Patenkind zu hüten. Die Mutter meines Patenkindes ist übrigens voll berufstätig, aber das nur am Rande.

Wohlweislich konfrontiert man die eigene Vierjährige nur sehr kurzfristig mit dem fundamentalen, wenn auch vorübergehenden Entzug einer nicht ganz unwesentlichen Bezugsperson. Das väterlich betüdelte Kind ging die Sache dann recht schmerzfrei und pragmatisch an:

»Und wer passt auf mich auf, wenn du in Ravensburg bist?«

»Mama ist ja da. Und nachmittags, wenn Mama nicht da ist, spielt Lotta mit dir. Und übermorgen kommt auch schon Oma Marion zu Besuch.«

»Und die passen alle auf mich auf?«

»Ja, mein Schatz.«

»Nur Frauen??«

Alter Papa

Ab ins Museum mit ihm

Der Vater des Kindes wurde unlängst ungefähr vierzig Jahre alt, die Vierjährige hat schnell aufgeschnappt, dass Papa jetzt exakt zehnmal so alt ist wie sie selbst. Ich werde einige Mühe haben, ihr diese simple Mathematik wieder auszureden, wenn sie Ende des Jahres eine Fünfjährige wird und ich dann keineswegs zehnmal so alt sein werde. Vielleicht werde ich mich so fühlen, und manchmal auch so aussehen. Aber nicht so sein.

Wie alt ein Vater aber sein kann aus der Sicht eines kleinen Kindes, erfuhr ich vor einigen Tagen beim abendlichen Zähneputzen.

Papa: »Nun mach hinne, ich bin auch müde.« Kind: »Warum?« Papa: »Ich bin ja ein alter Papa.« Kind: »Dann kommst du ins Museum?! Mama und ich gehen dann ins Museum und gucken dich an!« Papa: »Wenn ich ins Museum komme, dann kommt Mama auch ins Museum.« Kind: »Ich auch! Ich auch! Wir stehen dann da und die Leute gucken uns an und wir rühren den Teig und backen Kuchen!« Ist das nicht schön? Sinnfrei, aber irgendwie schön und, natürlich, essbar. Weshalb wir dann wieder Zähne putzen müssen und so fort.

Dass es auch anders geht, weniger rührend und museal, eher etwas grobschlächtig und endzeitmäßig, das wurde mir zwei Tage darauf klargemacht. Dabei wurde mir auch klargemacht, dass die Grenzen zwischen Leben und Tod fließend sein können. Keineswegs sind sie so klar und schwarzweiß, wie wir Erwachsene uns das der Einfachheit halber vorstellen.

Das Kind und ich lustwandelten durch die Gassen einer nahegelegenen Kleinstadt, und eine Vierjährige kann einen zehnmal so alten Papa noch nicht abhängen, jedenfalls nicht zu Fuß,

eine zwanzigmal so alte Dame aber möglicherweise schon. Vor uns in der Gasse war eine ältere Dame unterwegs. Sie schob einen Gehwagen vor sich her oder wurde von diesem gezogen, das war nicht zu erkennen. Die Dame hörte unüberhörbares Geschwätz hinter sich und wendete das Haupt, sah das Kind und seinen Papa und lächelte mild. Sie tat einen Schritt an die Seite, um das Kind und seinen Papa vorbeizulassen.

Wir waren gerade an der Dame vorbei und maximal zwei Meter und fünfzig Zentimeter entfernt, als das Kind, leider in völlig normaler Lautstärke, zu mir sagte: »Papa, ich hab' nicht gedacht, dass die noch lebt!!« Erschrocken frage ich nach: »Warum denn nicht?! Die Frau hat sich doch noch bewegt!« Darauf das Kind: »Ja, aber sie war schon so alt!!«

Beim vierten Nachdenken über diesen Ausspruch finde ich ihn nicht mehr ganz so grobschlächtig: Wir werden älter, wir leben noch, sind aber schon ein bisschen näher am Himmelreich und an Gott. Ein bisschen tot. Gott allein weiß, wie dicht wir dran sind, am Tod und an ihm.

Doch trotz dieses sinnhaften vierten Nachdenkens hoffe ich, dass die alte Dame ein wenig schwerhörig war.

Zähneputzen

Und ein Besuch bei der Göttin in Weiß

Beim Zähneputzen gibt es nur Monologe. Der väterliche Monolog besteht aus fortwährenden Hinweisen und Ermahnungen. Er hat das Ziel, dem Kind zu sauberen Zähnen zu verhelfen und das Badezimmer vor einer neuerlichen Renovierung zu bewahren. Der Monolog des Kindes besteht darin, genau diese Hinweise zu ignorieren und durch Worte, aber auch durch Gesten und mimische Verrenkungen alles zu versuchen, den väterlichen Monolog am Laufen zu halten. Das macht dem Kind irgendwie Spaß, ich habe noch nicht herausgefunden, warum. Vielleicht sieht es uns gerne beim Renovieren zu.

Das Kind hat aus dem Kindergarten eine Technik mitgebracht, mit der es einerseits die Rückseite der Schneidezähne reinigen und gleichzeitig den Badezimmerspiegel flächendeckend von oben bis unten mit Zahnpastaschaum bekleckern kann. Es klappt großartig: Zahnbürste rechtwinklig in den Rachen schieben und an der Rückseite der oberen Schneidezähne mit Schwung nach vorne wieder herausziehen. Kombiniert mit der richtigen Kopfhaltung ist es möglich, sogar den Bereich oberhalb des Spiegels einzuspeicheln.

Zu den weiteren Abendritualen gehörte bis vor einem halben Jahr auch die Suche nach einem Schnuller. »Den blauen!! Den blauen!!«. Unser Kind hatte lange nachts einen Schnuller zwischen den Lippen, der wurde abends reingesteckt und ging bis zum Frühstück nicht wieder raus. In seltenen Fällen fiel er raus, aber dann kam auch Geschrei raus, und fort waren Ruhe und Schlaf. Also beförderte man den Stöpsel wieder rein und dachte sich, sie ist ja noch so klein. Kein Argument und kein Bestechungsversuch konnten die Kleine überzeugen, den Schnuller abzulegen.

Nun aber war das Kind zum ersten Mal bei der Zahnärztin, denn auch Milchzähne müssen gepflegt werden. Zum psychologisch raffinierten Zweck der Vertrautwerdung werden zuerst Papas Zähne untersucht. Die sind natürlich tadellos, zum Bohren und Schleifen und Hobeln und Fräsen hatte ich mich schon eine Woche vorher auf diesem Stuhl festgekrallt und das Kind schlauerweise noch zuhause gelassen.

Nach diesem dramaturgisch milden Auftakt darf das Kind mit dem kleinen runden Spiegel seinen Teddy untersuchen, dann guckt die Ärztin dem Kind ins Gebiss und findet nichts, was des Findens wert wäre.

Und dann stellt die Göttin die Frage aller Fragen: Ob es denn noch einen Schnuller habe? Ja, aber nur nachts. Nun, wenn du dann bald vier Jahre alt wirst, brauchst du den nicht mehr, der ist dann auch nicht mehr so gesund für deine schönen Zähne.

Abends nimmt das Kind den Schnuller vom Regal, feuert ihn in die Ecke und sagte: »Den brauche ich nicht mehr!« Die Welt kann so einfach sein, rund und schön. Und den Appendix – »Ich wünsche mir von der Schnullerfee ein Stoffnilpferd!!« – haben wir ganz locker gemeistert.

In einem halben Jahr werden wir wieder einen Termin haben bei unserer Göttin. Vorher werde ich mit ihr telefonieren. Vielleicht lässt sich ja ein Zusammenhang herstellen zwischen Zahngesundheit und aufgeräumten Kinderzimmern?

Die zehn Gebote

Oder: Lara wechselt ihr Parfüm

Die zehn Gebote und das moderne Familienleben: eine heikle Beziehung, erst recht, wenn kleine Menschen mit im familiären Spiel sind. Ein Klassiker: »Du sollst nicht falsch Zeugnis reden wider deinen Nächsten.« Vulgo: Lüg nicht!

Jedes Kind hat sein Lieblingsviech, das immer und überall dabei ist. Manche Stoffviecher unterliegen wechselnden Launen, manche erleben starke Phasen, in denen sie ein Monopol aufs Geliebtwerden haben. Puppe Lara hatte ihre starke Phase kurz vor den Ferien.

Doch nun ist Lara verschwunden: »Lara ist weg!!« Wir suchen überall, in der ganzen Wohnung, auch auf dem Dachboden, im Keller, im Garten, selbst unter dem Schränkchen im Gästeklo. Im Kindergarten ist sie auch nicht. Keine Lara, nirgends.

Vielleicht hat das Kind sie im Kindergartenbus vergessen? Unsere letzte Hoffnung! In der Zentrale des Busunternehmens aber heißt es, nein, eine Puppe wie beschrieben sei in keinem der Fahrzeuge gefunden worden.

Allerdings …

Allerdings habe man mehrere puppenähnliche Trümmer gefunden, einen Torso, einen halben Arm … Ich muss schlucken, fast kommen mir Tränen: Auch mein Herz hängt an Lara, weil wir sie unserem Kind zum ersten Geburtstag geschenkt haben und weil sie keine Null-acht-fuffzehn-Puppe aus der Post-Spielzeug-Schreibwaren-Kaffee-Filiale war. Die Vorstellung, dass diese Puppe brutalen fremden Kindern zum Opfer gefallen sein sollte, finden wir beängstigend. Zu unserer Beruhigung nehmen wir lieber an, dass Lara von einem anderen Kind gefunden wurde, das jetzt in ihr Kleidchen schnuffelt.

Der Urlaub aber naht, und das Kind erklärt ultimativ, ohne Lara nicht in den Urlaub zu fahren. Und dann übertreten wir das Gebot des Herrn.

Wir besorgen in der Post-etc.-Filiale eine Null-acht-fuffzehn-Puppe und erklären dem Kind, dass Lara ebenfalls Urlaub mache und deshalb zurzeit eine Reise mit dem Busfahrer unternehme. Das Kind schluckt schwer und schluckt es. Die Hilfspuppe wird Lelle benamst und geht zwei Tage später mit uns auf Reisen.

Nun muss aber aus skandinavischer Ferne dafür gesorgt werden, dass auch Laras Urlaub passgenau nach unserem Urlaub zu Ende ist und sie wieder auf der Bettkante hockt wie in den lügenfreien alten Zeiten. Das wird nicht einfach, und die Handygebühren schnellen in die Höhe.

Lara war in einer fernen Großstadt gekauft worden. Und während das Kind in den malerisch gelegenen Fjord hüpft, recherchieren wir im Internet und finden heraus, wie der Hersteller der Puppe heißt. Einen Direktversand gibt es nicht. Fernmündlich bebetteln wir den Spielzeugladenbesitzer in der fernen Großstadt, ein Exemplar für uns aufzutreiben. Der Mann weist darauf hin, dass der Hersteller die Puppen nur im Viererpack an ihn verkaufe und er es sich doch schwer überlegen müsse, ob er sich allen Ernstes drei weitere Exemplare … Wir schildern unsere Not, der Mann hat auch kleine Kinder und also Erbarmen.

Wieder daheim, trotz allem gut erholt, ist Lara also schon da. Allerdings riecht sie anders als vor dem Urlaub. Nächste Lüge, langsam haben wir Übung: Lara sei ja auch im Urlaub gewesen und habe sich in der Fremde Parfüm gekauft. Da rieche man erst mal anders, das ist wie bei Mama. Obwohl Mama natürlich nie im Leben allein mit dem Busfahrer in den Urlaub …

Müßig zu berichten, dass Lara Zwo zwei Wochen später im unteren Drittel des Berges mit Puppen und Stoffviechern liegt, kaum beachtet, fast vergessen. Das Monopol aufs Geliebtwerden ging über auf einen Delphin, den schon meine Frau als kleines Kind durch die Landschaft trug. Wenn ich nun mein Kind mit diesem Delphin morgens in den Bus steigen sehe, graut mir vor dem Tag, an dem …

… was ist am Horizont?

Das Ohr des Kindes ist überall

Familien haben immer eine eigene Familiensprache und benutzen Wörter und Wendungen, die Außenstehende nicht kennen oder verstehen können. Eltern entwickeln zusätzlich eine hochartifizielle Elternsprache, die ausschließlich in Gegenwart des Kindes zur Anwendung kommt und auch nur dann, wenn Themen erörtert werden müssen, die eher nicht ins Ohr eines Kindes gelangen sollten.

Kinder haben ein unglaubliches Talent. Man denkt, sie quälen gerade in aller Unschuld den Hund und sind daher vollständig abgelenkt – und zack!, haben sie doch wieder ein Geheimnis mitbekommen. Beliebte Themen dabei sind Überraschungen, die Überraschungen bleiben sollen, Planungen von weit in der Zukunft liegenden Dingen wie dem nächsten Wochenende und wer wann mit wem und wie oft.

Ein einfaches Beispiel: Unsere Babysitterin hat soeben abgesagt, es droht das Terminduell »Kirchengemeinderatssitzung gegen Kindergartenelternabend«. Ich möchte meiner Frau also mitteilen »Susanne hat angerufen, sie kann am Dienstag in der nächsten Woche leider nicht!« Doch das Kind sitzt daneben. Würde ich jetzt in aller Unschuld sagen »Susanne hat angerufen, sie kann am Dienstag in der nächsten Woche leider nicht!«, dann wird das Kind unverzüglich folgende siebzehn Fragen abschießen:

Was ist am Dienstag?? Wo gehst du dann hin?? Wann kommst du wieder?? Kommt Susanne?? Warum kommt Susanne nicht?? Was macht sie da?? Wieso weißt du das nicht?? Wieso geht uns das nichts an, ich will es doch wissen?? Wie lange bleibt Susanne da?? Kommt sie dann am Mittwoch?? Ja, kommt sie denn nie wieder zu uns?? Und wo ist Mama dann?? Wann kommt Mama wieder?? Bin ich dann ganz alleine?? Nein, Petra soll nicht kommen, Susanne soll kommen, Petra ist doof, Papa, du findest die doch auch doof, oder?? Kann Oma nicht kommen?? Warum kommt Oma nie nie nie zu mir??

Natürlich ist es schön, wenn ein Kind fragend und suchend die Welt erforscht und sie sich auf diese Weise aneignet. Und nichts Schöneres gibt es, als dem Kind dabei als verlässlicher Vater und Ratgeber zur Seite zu stehen und ihm die Welt zu erklären, auf dass es weiter fragt und sucht und forscht und aneignet und Ruhe gibt. Deshalb werden bei uns selbstverständlich alle Kinderfragen erschöpfend beantwortet. Bis wir Eltern erschöpft sind.

Gaaanz selten gibt es Momente, in denen nicht genügend Zeit ist, alle Kinderfragen bis zur Erschöpfung zu beantworten. Dann kommt die Elternsprache zum Einsatz! Der schlichte Satz »Susanne hat angerufen, sie kann am Dienstag in der nächsten Woche leider nicht!« klingt dann so: »Das gelegentlich hiesig erscheinende weibliche Wesen aus dem näheren lokalen Umfeld hat jüngst fernmündlich kommuniziert und wird sich zu dem anberaumten fixen Termin am zeitlichen Horizont unser Planung nicht am Zielort materialisieren können.«

Dieser Satz kommt Ihnen länger vor als das Original? Er ist viel kürzer! Ihm fehlt der Anhang mit den siebzehn Fragen!

»Papa … Was ist am Horizont??«

Der Traum

Das Skelett, der Krebs und die Kraken

Heute waren wir am Strand. Zwar in Gummistiefeln wegen der Kälte, aber das wird schon noch. Aufregende Dinge gibt es zu entdecken, vieles zu erklären. Denn der Gefahren sind viele: die Tide, der Sturm, das Schwemmholz. Oh, da kann einem verantwortungsbewussten Vater angst und bange werden!

Jetzt aber neigt sich der Tag seinem Ende. Dem Vater fallen bald die Augen zu, höchste Zeit, das Kind ins Bett zu bringen, damit die traditionelle Reihenfolge gewahrt bleibt. Je älter das Kind wird, desto mühsamer wird es für seine Eltern, als Letzte schlafen zu gehen.

Zur guten Nacht wird bei uns vorgelesen. Mal eine kürzere Geschichte, mal eine längere, mal mit Kirchen, mal mit Treckern. Mitunter leider auch mit Conni. Conni ist eine brave, ziemlich langweilige Kinderbuchfigur, die pausenlos brave, ziemlich langweilige Dinge erlebt. Die Idee der Buchreihe soll wohl sein, dass brave, ziemlich langweilige Kinder sehen, dass selbst ihr Leben für die Literatur taugt. Kinder lieben Conni. Heute zur Nacht »Conni am Strand«.

Conni macht Sommerferien am Meer, natürlich nicht allein: Ihre Mama ist dabei und ihr Papa. Und ihren Fridolin nimmt Conni auch mit. Fridolin ist Connis neues Plastikkrokodil – riesengroß und grellgrün (»Lies lauter, Papa!!«). Conni freut sich, heute wandern sie nach dem Frühstück zum Strand. Ein ganz schön weiter Weg ist das – an dem rotweißen Leuchtturm vorüber und auf dem alten Holzweg die Dünen rauf und runter und wieder rauf und wieder runter (gähn …). Bis endlich das Meer vor ihnen liegt, blau und grün und unendlich groß. »Gerade ist Ebbe. Da fließt das Wasser von der Küste weg (gääähn …). Erst einige Stunden später kommt es zurück. Das nennt man Flut«, erklärt Papa (was für ein langweiliger Kerl ...). Dann machen es sich Mama ... (»Papa??«) und Papa im Strandkorb ... gemütlich (was für langweilige Eltern ...). Conni läuft ... ans Wasser. Was es dort alles zu sehen gibt! Möwenfedern ... und auch Treibholz ... (»Papa??«) und vor allem ...

... ein Skelett! Conni wendet das Skelett mit der Fußspitze. Der Krebs darunter erwischt sie voll am linken Fuß, zwei Zehen sind ab. Conni schreit auf und rennt in Panik ins viel zu kalte Wasser (endlich Action!). Conni fällt, eine Welle rollt heran, Schluss mit Ebbe!, Conni bekommt ein Stück Treibholz an den braven Schädel. Schnell zieht der Sturm heran, die Wogen wogen immer höher, die Unterströmung zieht Conni aufs Meer hinaus (cool!). Papa steht weit entfernt am Ufer und weint bittere Tränen (Weichei!). Zwei Kraken ziehen an Connis Beinen, auch der hungrige Hai hat schon Witterung aufgenommen. Am Horizont taucht das Boot der DGzRS auf, aber zu spät, der Hai naht rasend schnell. Das Boot der Retter kentert, zerschlagen von einer einzigen machtvollen Welle. Da ist der Hai heran und reißt den Rachen auf, um Conni zu verschlingen ...

Aaaah ...!! Ich schrecke hoch. Das Kind neben mir schnarcht friedlich in seinem Bettchen. Und ich habe keine Ahnung, bis wohin ich das Buch vorgelesen habe. Ob ich meinen Traum laut erzählt habe?

Ich werde es mit Sicherheit beim Frühstück erfahren. »Papa? Weißt du was? Ich hatte einen ganz schrecklichen Traum! Da war richtig was los! Conni ist toll!«

Der Gottesdienst

Aus der Praxis für die Praxis

Sie wollen in den Gottesdienst? Das ist schön. Sie wollen wieder einmal einem normalen Gottesdienst beiwohnen, nicht immer nur Krabbel- und Kinder- und Familiengottesdiensten? Sie wollen auch Ihre vierjährige Tochter mitnehmen? Das ist kein Problem. Also kein Problem für die Gemeinde, für die Pastorin, für das solide Gemäuer. Für Sie schon.

Was benötigen Sie und Ihr Kind für einen gedeihlichen Gottesdienst? Was ist überhaupt ein gedeihlicher Gottesdienst? In drei Teilen erfahren Sie alles, was nötig ist – aus der Praxis für die Praxis.

Einige Tage vorher: Machen Sie sich mit den örtlichen Gegebenheiten vertraut. Liegt die Kirche inmitten eines Friedhofes? Wenn ja, planen Sie mehr Zeit für die Anfahrt ein! Wo kann das Laufrad abgestellt werden? Erkunden Sie sodann den Sakralbau selbst. Wie ist das Gestühl angeordnet? Gibt es Kirchenbänke mit kleinen Türchen, die von motorisch hoch motivierten Vierjährigen fortwährend auf- und zugeklappt werden können? Existiert eine Mikrofonanlage, damit die pastorale Botschaft akustisch eine Chance bei Ihnen hat? Wenn ja, ist die Anlage funktionsfähig? Steht eine Spielecke zur Verfügung?

Lesen Sie unbedingt den Gemeindebrief. Sie erfahren so wichtige Dinge, die den anderen im Gottesdienst zu Gehör gebracht werden, die Sie aber aus verschiedenen Gründen garantiert nicht mitbekommen werden: Veranstaltungen und Termine, Geburtstage und Kollekten.

Anfahrt: mit dem Laufrad. Auf dem Friedhof schieben! »Ich will aber um die Kirche fahren und rum und rum und rum!!« Das Laufrad wird am Fahrradständer abgestellt oder, je nach

Witterung – »Mein Laufrad darf GAR NICHT nass werden!!« – im Kirchenvorraum. Wie gut, dass nicht alle Gottesdienstbesucher mit dem Laufrad kommen!

Mitzubringen: ein Stoffpferd oder eine Puppe. Für das Pferd kleine Zügel, damit es während der Predigt nicht den Mittelgang auf und ab galoppiert. Für die Puppe ein Spielfläschchen, sie wird unweigerlich Durst bekommen. Zumindest, wenn das Fläschchen nicht dabei ist. Ferner eine Überraschungsei-Figur und das rote Playmobilmännchen mit dem Playmobilstaubsauger. Zwei »echtes Geld« für die Kollekte. Drei Pixi-Bücher (Ich hab einen Freund, der ist Fleischermeister. Der kleine Pirat auf Schatzsuche. Was ist los bei der Feuerwehr?).

Mentale Vorbereitung: Dass Sie gegenüber dem Kind geduldig sein müssen, das muss nicht eigens erwähnt werden. Sie müssen allerdings auch geduldig sein gegenüber denjenigen, die pikiert gucken, weil Sie mit Kleinkind in einen normalen Gottesdienst gehen. Gegenüber denjenigen, die später kommen, sich ohne Not direkt vor Sie und Ihr Kind setzen und sich bei Kindergebrabbel immer wieder pikiert umsehen. Und gegenüber denjenigen, die sich etwas später, auch ohne Not, direkt hinter Sie und Ihr Kind setzen, um von dort aus den halben Gottesdienst mit dem Kind Duziduzi zu machen. Als ob das Kind aus dem Duziduzi-Alter nicht längst heraus wäre.

Körperliche Vorbereitung: Reinigen Sie Ihre Gehörgänge. Sie werden dann zwar das Geplauder des Kindes lauter hören und das Duziduzi von hinten auch. Aber nur bei sauberen Gehörgängen haben Sie eine Chance, auch den fernen Worten des Liturgs etwas abzulauschen.

Und dann beginnt der Gottesdienst! Alles, was Sie dazu wissen müssen, erfahren Sie im zweiten Teil, der die wesentlichen Elemente der sakralen Handlung erläutert.

Immer noch Gottesdienst

Jesus, Jürgen und der Partydienst

Am Eingang: Das Laufrad ist ordentlich geparkt, noch zwei Schritte bis zur Kirchentür. Papa zum Kind: »Musst du noch mal eben?« Kind zum Papa: »Nö!!« Zwei Schritte hinter der Kirchentür, Gemurmel, gedämpftes Licht, das Kind klammert sich an Papas Hand: »Papa, ich muss mal!!« Wenn Sie mutig sind, verbuchen Sie das locker unter Aufregung.

Gesang: Im Eingangsbereich der Kirche liegen Gesangbücher bereit, nehmen Sie zwei. Entweder will das Kind während des Gottesdienstes ein eigenes, auch wenn es noch nicht lesen kann. Oder Puppe Lara braucht ein eigenes Gesangbuch, auch wenn sie noch nicht singen kann. Wenn weder Kind noch Puppe ein eigenes Gesangbuch wollen, nehmen Sie trotzdem zwei mit, eines wird Ihnen nämlich während des Gottesdienstes immer wieder von der Kirchenbank geworfen.

Gebet: »Papa, schläfst du??«

Predigt: »Gnade sei mit euch und Friede von Gott, unserem Vater und dem Herrn Jesus Christus. Amen.« Kind: »Wie lange noch??« Wenn Sie schlau sind, haben Sie die Pixi-Bücher bis jetzt zurückgehalten. Lässig greifen Sie in die Jackentasche: »Ich hab einen Freund, der ist Fleischermeister.« Sie leihen der Predigt ein Ohr. Das andere Ohr leiht sich Ihr Kind und befüllt es mit der Fleischermeistergeschichte, die kann es nämlich auswendig. Die Collage klingt dann in Ihrem Kopf ungefähr so:

»Und als Jesus von dort wegging, sah er einen Menschen am Zoll sitzen, der hieß Jürgen und war Fleischermeister. Und er sprach zu ihm: Folge mir, die Metzgerei ist gleich um die Ecke! Und es begab sich, als er zu Tisch saß im Hause, siehe, viele möchten wissen, welches Fleisch besonders fettarm ist. Und alle saßen zu Tisch mit Jesus. Als das die Pharisäer sahen, sprachen sie: Heute werden wir das Geheimnis der Würstchen lüften! Die Starken bedürfen des Arztes nicht, sondern die Kranken, und er zeigte die verschiedenen Geräte. Geht aber hin und lernt, was das heißt: ›Helma und Jürgen bieten auch einen Partyservice an.‹ Ich bin gekommen, die Sünder zu rufen und nicht die Gerechten, und wenn ich groß bin, werde ich auch Fleischermeister. Amen.«

Kollekte: Geben Sie dem Kind »zwei echtes Geld«, es soll Anteil haben und geben lernen. Der Beutel geht durch die Reihen, der Küster lächelt das Kind an, das Kind wirft die Münzen in, nein, knapp neben den Beutel. Der Küster lächelt Sie an, und Sie suchen während des nächsten Liedes unter benachbarten Bänken und Schuhen nach den Münzen.

Vaterunser: Einige Teile des Vaterunsers kennt das Kind schon und kann sie mitsprechen. Zu allen Teilen aber kennt es aus dem Kindergottesdienst die dazugehörigen Armbewegungen und wird Sie mit seiner kleinen Faust entweder schmerzhaft im Hüftbereich touchieren oder Ihnen die Brille von der Nase hauen. Oder beides.

Orgel: Die Orgel erklingt zum Nachspiel, der Gottesdienst ist zu Ende. Aber wenn Sie glauben, dass damit der Gottesdienst zu Ende ist, so irren Sie …

Das Ende des Gottesdienstes

Fast geschafft

Sie haben sich gut vorbereitet und mit einem ganz normalen vierjährigen Kind einen ganz normalen Gottesdienst besucht. Der Gottesdienst ist zu Ende. Sie haben es geschafft! Zumindest fast.

Aufbruch: Jetzt – und eigentlich auch erst jetzt – wird Ihre vollständige Aufmerksamkeit benötigt. Denn das Kind hat seine Lieblingsfreundin entdeckt, es ertönt der bekannte Schlachtruf: »Da ist ja auch Lotta!! LOTTAAAA!!« Und weg ist die Kleine. In diesem Moment zupft eine ältere Dame an Ihrem Ärmel, um Ihnen mitzuteilen, was für ein reizendes und ruhiges Geschöpfchen Ihre Kleine sei. Leider – so Ihr Gedanke – ist nicht jede ältere Dame so reizend und ruhig: Das Duziduzi aus der Bank hinter Ihnen klingt noch nach. Während Sie freundlich antworten, müssen Sie gleichzeitig überlegen, ob das Kind draußen im Regen wohl gerade ohne Jacke mit Lotta über den Friedhof tobt, und hören, wie jemand im Vorbeigehen brummt: »Früher hat es das nicht gegeben, kleine Kinder im Gottesdienst.« Aber vielleicht haben Sie sich auch verhört, bestimmt haben Sie sich verhört.

Aufräumen: Danach sammeln Sie ein. Ihre Jacke und Mütze, des Kindes Jacke und Mütze, eine einzelne Socke, von der Sie nicht sicher wissen, ob sie wirklich Ihrem Kind gehört, das Stoffpferd und die Puppe, die kleinen Zügel des Pferdes, das Spielfläschchen der Puppe, die Überraschungsei-Figur, das rote Playmobilmännchen mit dem Playmobilstaubsauger, die drei Pixi-Bücher. Auf dem Boden entdecken Sie noch zwei Münzen. Und da Sie glücklicherweise vier Hände besitzen, können Sie auch die beiden Liederbücher nach vorne tragen. Jetzt müssen Sie nur noch Ihr Kind wiederfinden.

Am selben Nachmittag: Die Kirche ist geöffnet, was für ein Glück! So können Sie unauffällig hinein und die sakralen Kunstwerke bewundern. Wenn die anderen Bewunderer die Kirche verlassen haben, entnehmen Sie der mitgebrachten Kunststofftüte ein feuchtes Schwämmchen. Versuchen Sie, die nicht ganz so sakralen Kunstwerke Ihres Sprösslings von der Kirchenbank zu entfernen. Merke: Beim nächsten Mal vor dem Kirchgang alle Filzstifte aus den Taschen des Kindes entfernen!

Am folgenden Dienstag: Sie haben herausgefunden, ob der Pastor eher Blumen mag oder eher Pralinés. Entsprechendes erwerben und durch Boten zustellen lassen – als Entschädigung für den Krach herabstürzender Gesangbücher und das Dauergeplauder während des Gottesdienstes. Sie werden Ihre Geldbörse und Ihr Gewissen erleichtert haben.

Einige Tage später: Wenn Ihre Gemeinde online ist, lesen Sie die Predigt im Internet nach, damit Sie erfahren, ob Jesus sich wirklich mit Jürgen, dem Fleischermeister, getroffen hat und wovon noch die Rede war. Ist die Predigt nicht online verfügbar, bitten Sie den Pastor um eine Kopie. Den haben Sie ja schon mit den Pralinés weichgeklopft. Er wird Ihnen und Ihrem Kind den nächsten Familiengottesdienst ans Herz legen …

Eine Woche später. Wenn Sie tapfer sind, gehen Sie wieder in den normalen Gottesdienst. Natürlich mit Kind. Denn Sie wissen ja jetzt, worauf zu achten ist. Bei wöchentlichem Kirchgang überschneidet sich zwar die Nachbereitung des letzten mit der Vorbereitung des nächsten Gottesdienstes, aber mit ein wenig Übung wird das schon werden!

Ja, das denken Sie …

Frühling

So viele Blumen

Der Frühling ist da mit Brausen und Schellen und Wohlklang! Alles wächst und jubiliert und blüht auf und so. Heute ist der 31. Mai – zumindest fühlt es sich so an beim Blick aus dem weit offenen Fenster.

Zwei Tage später zerschlägt ein Wetterwechsel alle Frühlingsgefühle. Ein kleiner Regensturm reißt allen Blumen die frischen Köpfchen ab, tropfnass und ebenfalls depressiv hocken die Sperlinge auf dem Balken unter der Regenrinne.

Noch drei Tage weiter ist der Frühling wieder da: mit Brausen und Schellen und Wohlklang! Und die schönsten und unschuldigsten Frühlingsboten sind die Gänseblümchen! Gänseblümchen sind schlicht, zahlreich und fröhlich. So wie wir Christen, oder? Gottgefällig und kindgefällig. Und stabil sind sie auch! So wie wir Christen. Bei den Gänseblümchen aber ist das so: Vormittags kommt der Küster mit dem Aufsitzmäher, rasiert zwar nicht die Christen, aber den Gemeindegarten – und abends sind alle Gänseblümchen wieder da. Tausende.

Ein wunderschöner Anblick, vor allem für eine Vierjährige. »Papa, ich pflück dir eine Blume!« Schon ziehen Kind und Hund gemeinsam los, eine schnuppert hier, einer wedelt dort, eine sammelt Blumen, einer sammelt Zecken – der Winter war mild, alle Blumen und alles Geziefer haben den abwesenden Frost überstanden. Ich muss aufpassen, dass nicht der Hund im Nachbargarten allzu viele Blümchen abweidet und das Kind nicht allzu viele Zecken aus dem Unterholz kämmt.

Was mit Zecken zu tun ist, weiß ich, aber was mache ich mit Blumen? In eine kleine Vase, danke, das ist eine gute Idee! Allerdings sind bereits sämtliche Väschen, Schnapsgläser, Eierbecher und Vogeltrinkschälchen mit Gänseblümchen bis zum Abwinken überbelegt, sodass die letzten auf Tischen und Gesimsen liegen. Abends muss ich dann ein paar Dutzend vertrocknete Blümchen unauffällig beiseiteschaffen.

All das ist, wie gesagt, schön und lieblich. Etwas anstrengend wird es, wenn der Ruf »Papa, ich pflück dir eine Blume!« auf halbem Weg zur Bushaltestelle erklingt. Da heißt es geschickt argumentieren, damit die Zeit, wie stets knapp bemessen, nicht noch weiter gedehnt werden muss. Der Kindergartenbus fährt nur einmal am Tag.

Die kindliche Leidenschaft fürs Pflücken von Blumen hat neben dem Anblick der Blumenleichen in Eierbechern und auf Gesimsen einen weiteren Vorteil: Das Kind kann nicht verloren gehen. Aus dem Garten heraus zieht sich eine Spur abgeernteten Grases quer über die Wiese beim kleinen Parkplatz und die halbe Friedhofswarft hinauf zur Kirche. Links und rechts dieses Weges stehen Gänseblümchen, in der Mitte stehen keine. Diese Spur markiert des Kindes Weg und Ernte. Sogar der Zeitpunkt, an dem geerntet wurde, lässt sich mit etwas Übung anhand der nachwachsenden Blümchen bis auf eine halbe Stunde genau bestimmen.

Und was macht dein Vater so?

Staubsauger als Beruf

Bestimmt kennen Sie folgenden ländlichen Scherz: Es klingelt an der Tür, das Kind öffnet. »Oh«, sagt der Fremde, »ist deine Mama zuhause?« »Nö«, sagt das Kind, »vom Trecker überfahren.« »Oh Gott, wie schrecklich! Du armes Kind! Kann ich denn deinen Papa sprechen?« »Nö, auch vom Trecker überfahren.« Der Fremde wird argwöhnisch. »Und was machst du den ganzen Tag alleine?« »Trecker fahren!!«

Die Wirklichkeit sieht anders aus: Ich sauge Staub, es klingelt an der Tür, das Kind ist schneller. Der Fremde blickt nach unten: »Guten Tag! Ist deine Mama da?« Das Kind guckt den Fremden lange und ernst an und sagt mit leichtem Zittern in der Stimme: »Mama ist in der Klinik …«

Bei Fremden kommt das richtig gut! Faktisch ist Mama donnerstags in einer der Kliniken, die die Dünenlandschaft der nordfriesischen Küste zieren. Als Pastorin bietet sie den Kranken dann Andacht und offenes Ohr. Aber das weiß der Fremde ja nicht.

Noch viel besser kommt folgende Variante: Ich sauge Staub, es klingelt an der Tür, das Kind ist schneller. Der Fremde blickt nach unten: »Guten Tag! Ist deine Mama da?« Das Kind guckt den Fremden lange und ernst an und sagt mit leichtem Zittern in der Stimme: »Mama ist auf dem Friedhof …«

Dass die Pastorin auf dem Friedhof weilt, um dort mit dem Küster etwas zu besprechen, die Belange der Grabpflege betreffend – das verschweigt eine Vierjährige. Wahrscheinlich weiß sie längst, was ein Spannungsbogen ist.

Manche Eltern haben Berufe, die das Kind versteht und spielend erläutern kann. Eine Pastorin hat das Kind als Mutter. Kindergärtnerinnen sind natürlich bekannt, und auch Arzt und Bauer und Lokomotivführer sind recht griffig. Man sieht ja, was diese Menschen tun: Kinder abhorchen, Gülle fahren, am Bahnübergang hupen und winken.

Was ein »freiberuflicher Autor« zu tun hat, kann eine Vierjährige noch nicht wissen. Auf die freundliche Frage an der Haustür »Und was macht dein Vater so?« antwortet das Kind deshalb schnörkellos: »Papa saugt Staub!!« Es ist ja auch nicht zu überhören.

Staubsauger als Beruf, nun ja. Irgendwie nicht falsch, aber doch unvollständig, denn wir haben ja auch einen Hund. Und der tut, was alle langhaarigen Hunde tun: Er haart. Büschelweise, 24 Stunden am Tag, zwölf Monate im Jahr. Also muss ich regelmäßig den Staubsauger in Betrieb setzen, der eigentlich Hundehaarsauger heißen müsste. So viel Staub gibt es bei uns an der feuchten Küste ja gar nicht.

Mit dem Sauger hat es zudem eine besondere Bewandtnis: Er hat mich lieb! Das war mir lange Zeit nicht bewusst. Doch im vorletzten Lego-Katalog fand ich, was uns zueinander führte, den Sauger und mich. Dort war ein Spielhaus abgebildet mit etlichem Zubehör (natürlich »für Mädchen«). Und in den Erläuterungen zum Spielzeug las ich: »... mit vielen lieben Einrichtungsgegenständen wie einem Staubsauger ...« Ich habe unseren blauen Sauger angeguckt, und in der Tat, er guckte treu zurück und – irgendwie lieb.

Es klingelt wieder an der Tür. Ich sauge weiter, das Kind ist ohnehin schneller.

Kind im Baum

Abenteuerturnen

»Papa!! Ich komm' nicht wieder runter!!«

Da sitzt das Kind auf halber Höhe im Baum, traut sich nicht weiter und kommt auch nicht zurück. Ein Schuh ist hinuntergefallen, ein für den Abstieg nicht unwesentlicher Ast abgebrochen. Was für eine großartige Gelegenheit für mich, einige dringende Dinge zu erledigen, die ich sonst nicht erledigen kann, weil mir immer das Kind dazwischenkommt: einige Telefonate ohne Störung. In Ruhe eine kleine Geschichte schreiben.

»Papa!!«

»Ja-ha, ich komme glei-heich!« Schnell Kaffee kochen, das Telefon suchen und die Zigarillos.

Man kennt das von Katzen – ein Anruf, dann kommt die Freiwillige Feuerwehr und klaubt das Vieh vom Baum. Das macht die Feuerwehr gerne, dadurch bleibt sie in Übung.

In meinen jüngeren Tagen besaß ich einen zahmen Papagei, der eines sonnigen Tages aus einem Fenster entwich und von der Feuerwehr wieder eingefangen wurde. Die fanden das komisch: Die Feuerwehr holt mit der Leiter einen Vogel aus dem Baum.

Jetzt aber nicht Katze, nicht Papagei, sondern Kind. Für das Kind bin ich zuständig, nicht die Feuerwehr. Allerdings habe ich Höhenangst. Nicht direkt panisch, aber Höhenangst braucht keine zehn Stockwerke. Der Baum vor dem Haus reicht.

Kinder wollen hoch hinaus und nehmen das mitunter wörtlich. »Papa, hilf mir auf den Baum!!« Die ersten Male ist das niedlich, wie die Lütte sich fünfzig Zentimeter über Normalnull an einen Ast klammert und zittert. Beim nächsten Mal zittert sie schon nicht mehr, beim dritten Versuch braucht sie keine Unterstützung. Dann geht es noch ein Stückchen höher und noch ein Stückchen …

Einmal in der Woche gehen alle Kindergartenkinder zum »Abenteuerturnen« in die Turnhalle auf der anderen Straßenseite: Schulleiter und Hausmeister bauen dort die abenteuerlichsten Gerüste und Hängeseilkonstruktionen und Balanciergärten auf.

Als sorgender Vater kommt man in die Turnhalle und will seinem Kind ein wenig beim Bewegen zusehen. Das soll gesund sein. Das Bewegen, nicht das Zusehen. Denn das Zusehen ist keineswegs gesund: Das Kind ist nämlich nicht da. Gut, knapp unter der Hallendecke, in sechs Meter Höhe, baumelt ein Kind am Gerüst, das meinem Kind recht ähnlich sieht. Aber meines kann doch nicht in sechs Meter Höhe baumeln, dafür ist es viel zu klein. Je länger ich hinaufblicke, umso weniger zweifle ich, dass das Kind meinem nicht nur recht ähnlich sieht, es ist ihm wie aus dem Gesicht geschnitten – weil es meines ist. Mir wird schon vom Zusehen schlecht.

Doch Kinder haben den Bogen irgendwie raus und machen tatsächlich nur das, was sie können – und gehen dann noch ein kleines Stückchen weiter, sodass sie daraus lernen und die neu erworbene Fähigkeit dann bald perfekt vorführen. Schon Krabbelkinder schaffen es fast immer, sich an der richtigen Stelle umzudrehen und nicht Kopf voran vom Sofa zu stürzen, sondern auf die Füße oder den Windelhintern zu plumpsen. Es ist schön, dem eigenen Kind beim Stolz-Sein zuzusehen, stolz auf das eigene Zutrauen. Natürlich ist dann auch der Vater stolz.

»Papa!!«

Fast hätte ich es vergessen: Da sitzt noch ein Kind im Baum!

Gurke geht

Pilze gehen nicht

Bevor die Geschmackszotten richtig ausgebildet sind, geht in ein kleines Kind eigentlich alles rein, was man ihm vor die Schnute hält. Falls es schon entwöhnt ist, sonst geht natürlich nur die Brust in die Schnute. Bei unserem Kind gab es unmittelbar nach der Brust eine starke Oliven-Schafskäse-Phase. Schokolade war völlig uninteressant, Harzer Käse hingegen der Renner.

Habe ich etwas falsch gemacht? Bin ich ein schlechter Vater? Nein, der Rundumblick im Freundeskreis zeigt: alles im normalen Rahmen.

Der Rundumblick in den eigenen vier Wänden beginnt bei den Getränken: Karottensaft geht gut, Apfelsaft mit Leitungswasser (kein Mineralwasser). Beim Abendmahl geht Traubensaft, sonst nur manchmal. Orangensaft ist ohne Chance. Bier ging eine Zeit lang auch gut. Unser Kind war knapp zweieinhalb Jahre, ich holte es von der Tagesmutter ab: »Was gab es bei Kirsten zu essen? Schokolade?« »Ja!!« (In dem Alter verraten sie sich immer.) »Und Kekse?« »Ja!!« (Sag ich doch.) »Und hast du auch ein großes Bier getrunken?« Pause. Dann mit Nachdruck: »Nein, ich hab' ein kleines Bier getrunken!!« (So genau wollte ich das eigentlich nicht wissen.)

Nudeln gehen immer. Aber ohne Sauce und mit viel Reibekäse. Mit sehr viel. Toastbrot geht immer und Knäckebrot auch, echtes Brot nur eine halbe Scheibe (die Rinde stört überraschenderweise nicht). Oblate geht. Rosinenbrötchen geht immer, besonders gut, wenn es dick mit Leberwurst beschmiert ist.

Möhre geht gut, Paprika auch, Pilze gar nicht. Tomate geht nur warm, zum Beispiel mit Käse überbacken. Salat geht gar nicht. Es sei denn, ich schnippele Gurken in Scheiben, gebe Salz und Pfeffer dran: »Danke, Papa!! Wie lecker!! Gurkensalat!!« Schafskäse geht nicht, Ziegenkäse wird gerne genommen.

Eine Zeit lang ging sogar frischer Fisch! Wir haben ihn nicht Fisch genannt, sondern Schwimmfleisch, und Fleisch mag das Kind. Irgendjemand hat sich dann verplappert, seitdem geht Fisch gar nicht mehr.

Natürlich gibt es immer Hoffnung auf Veränderung, solche Dinge sind im Fluss, die Zotten entwickeln sich. Oliven sind langsam wieder im Kommen, vorerst nur in homöopathischen Dosen. Schafskäse darf immerhin schon wieder auf dem Tisch stehen, ohne dass das Kind Anzeichen von Übelkeit zeigt.

Was aber nie ging und nicht geht: Obst. Während andere Kinder stundenlang auf Apfelspalten kauen und Erdbeeren eimerweise vernichten – bei uns: nichts. Apfelsaft eben nur mit Leitungswasser, vom Apfelkuchen nur der trockene Boden. Im Restaurant wird zwar Pfannkuchen mit Apfelmus bestellt, doch das Schälchen mit dem Mus wird nach dem Pfannkuchen rübergeschoben mit den Worten »Ich bin satt!!«

Wer es schafft, dass unser Kind einen mittelgroßen Apfel verspeist – vor Zeugen, ohne optische Tricks, ohne rohe Gewalt –, der bekommt ein Abendessen in einem guten Restaurant spendiert, für zwei Personen.

Emil und Gustav

Garantiert Männchen

Sie sind endlich da, die Zwillinge, nun sind wir nicht mehr nur zu viert – Eltern plus Kind plus Hund – sondern zu sechst. Da kommt richtig Leben in die Bude! Vor allem in den Garten, denn bei dem schönen Wetter – jedenfalls ist es schön, da ich diese Zeilen schreibe – sind wir die meiste Zeit draußen. Die Pastorin ist selbstverständlich am Schreibtisch oder in der Kirche oder auf dem Friedhof, aber wir anderen toben durch den Garten.

Die Zwillinge toben noch nicht so sehr, dafür sind sie zu klein und die Beinchen viel zu kurz. Aber sie sitzen gerne im Gras und blinzeln in die Sonne. Sie haben schon ordentlich Haare, geradezu Fell, und das Kind hat sie den halben Tag auf dem Arm und streichelt sie und knuddelt sie. Sie lassen es sich gerne gefallen. Und ihre Verdauung ist gut (Gurke geht!).

Allein unser Hund ist misstrauisch und nimmt Witterung auf. Mit fast schon katzenartigen Schritten nähert er sich vorsichtig dem Familienzuwachs. Derzeit ist er besonders empfänglich für Streicheleinheiten. Als würden wir ihn jetzt vernachlässigen! Aber niemals lassen wir den Hund und die Lütten unbeaufsichtigt im Garten. Steckt nicht in jedem Hund ein Wolf? Im Handumdrehen säugt er die Zwillinge, und die gründen hier dann eine große Stadt. Das wollen wir nicht, unser Dorf soll ein Dorf bleiben.

Ich selbst habe erstaunlicherweise zu den neuen Erdenbewohnern noch keinen richtigen Bezug bekommen. Gottesgeschöpfe wie du und ich, sind sie doch irgendwie recht klein. Hoffentlich wachsen sie noch ein bisschen!

Die Namensgebung war ein Akt an sich. »Emil« schlug das Kind vor. »Emil« gefiel uns auch. Als aber klar war, dass wir

Zwillinge bekommen, musste gleich noch ein weiterer Name her. Logischerweise plädierte ich für Pony Hütchen, wenigstens als Spitzname, konnte mich damit aber nicht durchsetzen. Das Kind war ebenso wenig erfolgreich mit etwas aus der Rubrik »Prinzessin Lillifee« oder »Buntglitzer«. Schließlich einigten wir uns auf »Gustav«. Emil und Gustav also. Und wenn sie etwas größer sind, kann ich ihnen »Emil und die Detektive« vorlesen.

Vorerst lesen wir schlaue Bücher über die kleinen Wesen und wundern uns über dieses und jenes, was uns noch nicht bekannt war! Wussten Sie, dass sie sich unter optimalen Bedingungen bereits im Alter von 30 Tagen fortpflanzen können? Dass sie durchschnittlich 68 Tage tragen, aber bereits zwei Stunden nach dem Gebären wieder, äh, brünstig sein und gedeckt werden können?

Genauso ist es! Ein paar Wochen später wird Emil runder und runder. Der Landwirt, der uns die Zwillinge verkauft hat, hatte noch versichert, es seien garantiert zwei Männchen … Nun warten wir auf den Nachwuchs der beiden »Männchen« und sind schon sehr gespannt, wie das Kind sich organisiert, wenn es immer mehr und mehr werden und alle auf den Arm genommen werden wollen. Wie viele es wohl sein müssen, bis der Jagdtrieb des Hundes in nackte Angst umschlägt?

Für mich jedenfalls zu viele. Wenn Sie Meerschweinchen haben möchten, melden Sie sich bei mir. Sie bekommen auf jeden Fall zwei Männchen. Garantiert!

Heute geht was!

Werden wie die Kinder

Wir wühlen im Garten. Gummistiefel, alte Pullover, ich mit der Gartenschere, das Kind mit der roten Schaufel. Gerade will ich den Brombeerranken ihre Grenzen aufzeigen, da ertönt der Ruf: »Papa, Essen ist fertig!!«

Dem darf ich mich nicht entziehen. Erstens gibt es Ärger, wenn das Essen kalt wird, und zweitens gehört Spielen zum Glück des Kindes. Ich will keinen Ärger, ich will ein glückliches Kind. Folgsam setze ich mich auf den feuchten Rand der Sandkiste, nehme milde lächelnd meinen – »noch warm!!« – Sandkuchen in Empfang und beginne, mit viel »Mmm« und »Ahh« zu essen.

Spielen gehört natürlich auch zum Glück eines Erwachsenen. Auf meinem Schreibtisch steht ein kleiner Eisenbahnwaggon, »Papa, ist das Dekoration??« Nein, das ist ein Spielzeug. Wenn ich von irgendetwas so richtig genervt bin, schiebe ich den kleinen Waggon hin und her und träume von der großen, das gesamte Haus durchdringenden Modelleisenbahnanlage.

Spielen ist schließlich auch gottgefällig. Sagte nicht das Kind des Herrn: »Wenn ihr nicht werdet wie die Kinder, so werdet ihr nicht ins Himmelreich kommen«?! Also spielen wir, denn ins Himmelreich wollen wir ja, irgendwann.

Der Weg ins Himmelreich ist allerdings anstrengend! Denn das Kind spielt nach anderen Regeln als der Papa, und des Kindes Regeln sind undurchschaubar. Die Regeln, nach denen ich selbst als Kind spielte, habe ich leider vergessen. Ich muss von vorne anfangen.

Da ist zum Beispiel der Dorfspielplatz. Entweder sind keine anderen Kinder da, dann muss Papa ran. Und zwar das volle Programm. Gewichtsmäßig darf ich weder auf die Schaukel noch auf die Wippe, aber ich muss. Alleine kann das kleine Kind nicht wippen, und bei der Schaukel will es unbedingt sehen, in welch lächerlich geringer Höhe der große Papa hellgrün im Gesicht wird.

Oder es sind doch andere Kinder da. Sind sie jünger, wird angegeben, was das Zeug hält: Ich kann weiter, ich kann höher, ich bin sowieso älter als du! Sind die anderen Kinder älter, bleibt der Mund offen stehen: Die können weiter, höher, sind älter! Der wahre Sinn des Spielplatzes ist die wechselseitige Pflege sämtlicher Eitelkeiten. Nur Erwachsene denken, er diene dem Spiel.

Richtig anstrengend wird das gemeinsame Spiel aber durch den Rollentausch. Im Alltag sagt Papa dies und das, und das Kind muss liefern: Schuhe ausziehen, Hände waschen, an den Tisch setzen. »Nie, nie, nie darf ich spielen!!« Beim Spielen wird getauscht: Das Kind bestimmt, und Papa muss machen.

Doch zurück in die Sandkiste. Das Kind hat mitbekommen: Heute geht was! Jetzt möchte es vor lauter Begeisterung alles gleichzeitig bestimmen und alles gleichzeitig spielen. Alle 30 Sekunden werden die Regeln geändert: »Papa, ich hab' noch eine andere Idee!! Du nimmst jetzt die blaue Schaufel!!« Ich will aber nicht die blaue Schaufel nehmen, ich habe die rote und bin sehr konzentriert beim Buddeln. Keine Chance: »Papa, ich hab' noch eine Idee!!«

Doch wenn ich am Ende die Regeln des Nachmittags erfasst habe, mich ihnen ganz hingebe und das Kind und ich gedankenverloren spiele – dann fühlt sich das schon ziemlich himmlisch an.

Der Bus kommt

Was man verspricht, muss man auch halten

Vom Kindergartenbus war beiläufig schon die Rede. Nun soll dem Phänomen Bus etwas grundsätzlicher nachgegangen werden.

Der Bus bringt morgens die Stöpselchen in den Kindergarten der nächsten Kleinstadt, mehrere Jahrgänge, unterschiedliche Temperamente und Lautstärken. Mittags bringt er sie auch wieder zurück und erspart dem Bürgermeister quälendes Grübeln über die Frage, woher er das Geld für eine dorfeigene Kinderbetreuung nehmen soll. Uns Eltern erspart er jeden Tag 25 Kilometer Autofahrerei.

An einem beliebigen Werktagmorgen beobachten wir: Es ist 7.36 Uhr, die Tür des Pastorats fliegt auf. Der Hund stürzt heraus, gefolgt vom Kind, gefolgt von mir. Im Herauseilen stecke ich eine Kinderhaarbürste in die Jackentasche (die Zeit war zu knapp, vielleicht geht noch was an der Haltestelle?), verfange mich in der Hundeleine und versuche, mir beim Zuknöpfen der Jacke die Kindergartentasche um den Hals zu hängen. Die ließ das Kind mit voller Absicht am Haken hängen, Papa wird schon daran denken. Natürlich mache ich das, darin sind auch die Möhrchen, die ich im Morgengrauen liebevoll geschnitzt habe und die das Kind mittags ebenso liebevoll wieder nach Hause tragen wird.

»Tschüs, Mama!!« Das Kind saust auf seinem Fahrrad so tollkühn die Warft hinunter, dass der Puppe auf dem Gepäckträger übel wird, kommt ungefähr 35 Meter weit und bremst abrupt. Dort liegt eine Vogelfeder. Wichtiges Kindergartenkind-Gebot: Federn niemals ignorieren!

»Komm, dein Bus wartet nicht!« Ich dränge, ich mahne, aber

mit der jahrelangen Erfahrung einer Viereinhalbjährigen weiß das Kind, dass wir den Bus nicht verpassen werden: Auf den letzten Metern wird sie Papa einholen und überholen. Also legt sie das Rad erst mal ins Gras, dort liegt auch noch ein schöner Stein. Ich dränge, ich mahne, gemächlich steigt das Kind aufs Rad, in diesem Moment steigt der Hund gemächlich über den Zaun der Nachbarin, dort hat er etwas Geschäftliches zu erledigen. Ich rufe, ich pfeife. Der Hund hebt die linke Braue (das kann er wirklich!). Während ich in der Jackentasche nach einem Hundekackenotbeutelchen suche, sehe ich aus dem linken Augenwinkel, dass sich eine Gardine bewegt, aus dem rechten sehe ich die Kirchturmuhr. Nachbarin oder Bus? Die Nachbarin kann ich auf dem Rückweg noch besänftigen. Ich haste weiter, mit der jahrelangen Erfahrung einer Viereinhalbjährigen saust das Kind an mir vorbei: »Erster!!«

Dann jedoch verfinstert sich sein Blick, das Kind wendet sein Rad, es will zurück! »Ich hab' Emil und Gustav nicht Tschüs gesagt!!« Tränen steigen auf. Erneut an der Gardine der Nachbarin vorbei und der Bus trotzdem weg? Nein. Ich bleibe hart und verspreche dem Kind, den beiden einen dicken Kuss zu geben, ja, versprochen, mitten auf die Schnauzen. »Papa, was man verspricht, muss man auch halten!«

In meiner Tasche finde ich die Kinderhaarbürste – da kommt schon der Bus angebrummt, zwei Minuten vor Plan, das Kind steigt ein. Und ich stehe da mit der Bürste in der Hand. Atme tief ein und aus und mache mich – frisch gekämmt – auf den Weg zur Nachbarin.

Und sonst?

Dieses und jenes

Wie erfüllt die Zeit mit einem Kind doch sein kann! Wir sitzen am Abendbrottisch und meine Frau fragt: »Was habt ihr beiden heute Nachmittag gemacht?« »Wir haben die Meerschweinchen gefüttert.« »Ah ja. Und sonst?« »Sonst nichts, mehr Zeit hatten wir nicht.«

Wie kann das sein, wie geht das zu? Das geht so:

Ein milder Herbsttag. Das Kind und sein Vater sitzen im Garten, das Kind schlürft Saft, der Vater nippt am Kaffee, der Hund döst, die Sonne wärmt, zwei Schmetterlinge gaukeln. Da springt das Kind vom Stühlchen: »Papa, ich will die Meerschweinchen füttern!!« Welcher Vater würde da nicht frohlocken: Das Kind übernimmt Verantwortung! Freiwillig, ohne Ermahnung und ohne Prügel! So soll es sein, sehr viel später wird es dann für alle Tiere in Haus und Hof Verantwortung übernehmen und für den Rest der Erde und für die alternden Eltern auch.

Jetzt aber springt das Kind auf (das Stühlchen fällt dabei um, das Glas mit Saft erstaunlicherweise nicht), stapft zum Schweinchenstall, öffnet die Klappe und schnappt sich das kleine Porzellanschälchen. Halten Sie kurz inne und machen Sie den Lebenserfahrungstest: Was passiert in den kommenden anderthalb Stunden?

Das Kind wendet, stolpert über den dösenden Hund und fällt in einen feuchten Maulwurfshaufen. Hose und T-Shirt waren heute morgen so gut wie frisch. Das Kind rappelt sich auf, steigt über den weiterhin dösenden Hund und stapft zur Küchentür. Zieht sich an der Schwelle die Gummistiefel aus (toll, nicht?) und verschwindet. Anderthalb Minuten hört man nichts, dann hört man Scheppern, Klirren, Rieseln und Weinen. Das Scheppern gehört zur großen, bis eben gut gefüllten Dose mit Glück-plus-Kraft-plus-glänzendes-Fell-Futter, das Klirren gehört zum Tod des Porzellanschälchens, das Rieseln gehört zum weiteren Verbleib des Glück-plus-Futters, und das Weinen gehört zum Kind.

Ich springe auf (der Stuhl fällt um, der Becher mit Kaffee erstaunlicherweise nicht), laufe in die Küche, tröste das Kind, suche ein neues Schälchen (aus Kunststoff, ich bin doch nicht blöd!), befülle es mit dem Rest Glück-plus-Futter, der noch in der Dose war, und schicke das Kind zu den Schweinchen. Während ich anfange, das ausgestreute Futter zusammenzufegen, zieht sich das Kind die Gummistiefel an und stapft in den Garten, fällt über den dösenden Hund und beim couragierten Versuch, nicht auch noch den Rest des Glück-plus-Futters zu verschütten, mit beiden Ellenbogen und beiden Ohren in den zweiten Maulwurfshaufen. Immerhin hebt der Hund bei dieser neuerlichen Störung die linke Braue, es ist also noch Stoffwechsel vorhanden.

Ich springe in den Garten, tröste das Kind, reiche den Meerschweinchen ihr Glück, führe das Kind ins Haus, entkleide es und stelle es unter die Dusche, fege die Küche zu Ende und befülle die Waschmaschine (während das Kind das Badezimmer badet), seife das Kind ab, trockne es, kleide es und lege abschließend das Badezimmer trocken.

Nein, nicht abschließend. Denn in der Zwischenzeit hat der Hund Witterung aufgenommen und hingebungsvoll den nach Glück duftenden Küchenfußboden abgeschlabbert. Also wische ich auch noch den Küchenfußboden.

»Und sonst?«

»Sonst nichts, mehr Zeit hatten wir nicht.«

Ein guter Vater?

Ja. Irgendwie schon

Das ist die Frage aller Fragen. Die Frage aller Väter: Bin ich ein guter Vater?Ja, irgendwie schon, äh, ich weiß auch nicht, doch, ich glaube ja. Sie zweifeln noch? Leben Sie nicht länger in quälender Ungewissheit! Machen Sie den Test. Greifen Sie zum Bleistift und seien Sie spontan: Antwort A oder B oder C.

Das Kind steigt weinend und mit verdreckten Klamotten aus dem Kindergartenbus.

(A) Sie brüllen herum, wieso es sich so vollgesaut hat und wer das jetzt alles wieder waschen soll.

(B) Sie trösten das Kind und fragen es, ob es keine Eltern hat, die sich um es kümmern.

(C) Sie drehen sich ein bisschen zur Seite, damit die Busfahrerin nicht sieht, wie verdreckt Ihre eigenen Klamotten sind.

Das Kind berichtet, dass Leila GAR nicht mehr ihre Freundin sein will.

(A) Sie rufen die Mutter von Leila an und machen sie zur Schnecke, damit diese dann Leila zur Schnecke macht.

(B) Sie trösten das Kind und erklären ihm, dass Freunde nicht das Wichtigste im Leben sind.

(C) Sie treffen sich mit der Mutter von Leila, weil Sie auch mal wieder eine Freundin haben wollen.

Wie heißt die Lieblingsfigurine Ihres Kindes?

(A) Baby Blocksbär.

(B) Prinzessin Legofee.

(C) Barbie Baumeister.

Sie bereiten das Frühstück für Ihre Lieben. Welche Verteilung macht alle glücklich?

(A) Gurke für die Meerschweinchen, Diätkeks für den Hund, Leberwurstbrot für das Kind.

(B) Gurke für den Hund, Diätkeks für das Kind, Leberwurstbrot für die Meerschweinchen.

(C) Gurke für das Kind, Diätkeks für den Hund, Leberwurstbrot auch für den Hund, Meerschweinchen auch für den Hund.

Sie nehmen mit Ihrem Kind am Abendmahl teil. Als die Pastorin mit dem Kelch naht, springt das Kind auf: »Mama!! Aaarm!!«

(A) Sie fangen den Kelch auf und übernehmen die Austeilung, dann geht das auch ein bisschen flotter voran.

(B) Sie äußern Ihr Bedauern, keinen Schluck von dem köstlichen Nass mit dem langen Abgang bekommen zu haben, und gehen mit anderen Enttäuschten zum Frühschoppen in den Alten Krug.

(C) Sie freuen sich über die wäschetechnische Herausforderung: Rotwein auf cremefarbener Kinderstrumpfhose.

Sie finden unter dem Kinderbett ein dreckiges wirres Knäuel, erkennen es aber sofort.

(A) Es ist eine cremefarbene Kinderstrumpfhose.

(B) Es ist eine geballte Ladung Hundehaare.

(C) Es ist ein Meerschweinchen.

Sie sitzen mit dem Kind im Linienbus. Der Bus ist knallvoll, bis zu Ihrer Haltestelle sind es noch elf Minuten. Mit kräftiger Stimme äußert das Kind: »Papa, ich muss mal kacken!!«

(A) Sie rücken etwas ab, um den anderen Fahrgästen zu signalisieren, dass Sie dieses Kind praktisch nicht kennen.

(B) Sie bleiben locker: »Mach doch!«

(C) Sie steigen an der nächsten Haltestelle aus und setzen das Kind auf den Mülleimer am Bushaltestellenmast.

Das Kind müffelt. Welchen kleinkindlichen Körperteilen sollten Sie gesteigerte hygienische Aufmerksamkeit zukommen lassen?

(A) Den Zähnen und den Ohren.

(B) Den Füßen und dem Po.

(C) Nichts von alledem, denn die Mutter kommt ja schon in fünf Tagen von ihrer Fortbildung zurück.

Das war's! Zählen Sie Ihre As und Bs und Cs.

Und leben Sie mit der Gewissheit: Sie sind ein guter Vater.

Ja, irgendwie schon.

Danke, Herr Hacke!

Mit Oma und Opa im Thoo

Unlängst war das Kind bei den Großeltern mütterlicherseits in der großen Stadt und mit ihnen im Zoo. Elefanten und Löwen und Pinguine und alles. Begeistert kehrte es zurück. »Wie war's bei Oma und Opa?« »Ich war mit Oma und Opa im Thoo und habe thüthe kleine Thebrath gethehen!! Thooo thüüüth!!«

Beim Reden beißt sich das Kind vor Eifer fast auf die Zunge, Zisch- und Spucklaute schießen aus seinem Mund, nur kein sauberes s. Bethonderth thüth finde ich dath Betteln um Thüthigkeiten: »Papa, ich will wath Thütheth!!« Eltern haben nun die Möglichkeit, umgehend in Panik zu verfallen, den Kinderarzt zu konsultieren und im Internet nach herausragenden Logopäden zu forschen – oder ihren Kaffee gelassen weiterzutrinken. Kleinkindliches Lispeln ist normal und verschwindet wieder. Außerdem: Wer schon in jungen Jahren fleißig das Ti-ejtsch trainiert, muss es später im Englischunterricht entsprechend weniger üben.

Über dieses kleinkindliche Lispeln möchte ich schreiben, mache mir ein paar Notizen, nippe am Kaffee und schreibe. Zwischendurch blättere ich gedankenverloren im »Kleinen Erziehungsberater« von Herrn Hacke – und lese verdutzt, was ich gerade eben geschrieben habe: »Das Kind lispelt ein bisschen … ach, Quatsch, es stößt eben etwas mit der Zunge an, das ist nicht schlimm, das wird sich legen. Wenn es sagt: ›Papa, bekomm' ich was Süßes?‹, dann klingt ›was Süßes‹ etwa so, als ob es es mit englischem Ti-ejtsch aussprechen würde, also ›wath Thütheth‹.«

Danke, Herr Hacke! Da »Der kleine Erziehungsberater« nicht ganz zu Unrecht ein ziemlich bekannter Erziehungsberater ist, sehe ich eine Plagiatsprozesslawine auf mich zurollen. Ich weiß ja nicht, was irgendwo und irgendwann irgendein Papa aufgeschrieben hat – und das ist dann auch noch gedruckt worden.

Seitdem lese ich furchtsam und fieberhaft Papageschichten: »Der Familienplanet« von Herrn Wittstock, »Hausmann mit Tochter« von Herrn Makowsky und »Die Herren Hansen erobern die Welt« von Herrn Gricksch. »Lo und Lu« von Herrn Ortheil und »Papas kleine Monster« von Herrn Kneissler. Sogar Papagedichte gibt es, »Kille Kuckuck Dideldei« von Herrn Gsella. Vielleicht kann mir Zen helfen, »Zen und die Kunst der Vaterschaft« von Herrn Lewis.

Ein Trost bleibt: Herrn Hackes Kinder waren nicht mit Oma und Opa im Zoo!

»Ich war mit Oma und Opa im Thoo und habe thüthe kleine Thebrath gethehen!! Thooo thüüüth!!«

Entschleunigung

Wider die Eile und die Hast

Einer der häufigsten Sätze, die Eltern zu ihren Kindern sagen, lautet: »Nun mach' ma' hinne!« Und die Standardantwort lautet: »Ich mach' ja schon!!« Tja, und dann eskaliert das wieder.

Unser aller Alltag wird bestimmt von der Uhr und von Terminen, von Eile und Hast. Alle klagen darüber, sogar das Kind. Doch es gibt auch Gegenbewegungen. Das Zauberwort heißt »Entschleunigung«. Man sollte es zweimal langsam lesen, um es richtig genießen zu können: Ent-schleu-ni-gung. Man merkt, wie es wirkt, gleich wird man ruhiger, gelassener. Um wie vieles mehr wirkt es mit Kind! Denn ein Kind ist die personifizierte Entschleunigung!

»Dem Streben nach Verlangsamung liegt die Auffassung zugrunde, dass die wirtschaftliche Entwicklung in den Industriegesellschaften eine Eigendynamik gewonnen habe, die Hektik und sinnlose Hast in alle Lebensbereiche hineintrage und dabei jedes natürliche und insbesondere menschliche Maß ignoriere.« So lesen wir im Netz der Netze. »Komplexität, Effektivität, Hast, Hektik, schneller, höher, weiter, mehr – dem wird die Entschleunigung entgegengesetzt.«

Damit der Tag nicht schon mit Hast, Hektik und daraus resultierender Unlust beginnt, wollen wir ihm gleich morgens entschlossen Entschleunigung entgegensetzen. Was hat das Kind morgens zu tun? Sich wecken lassen, anziehen, bisschen waschen, aufs Klo gehen, Haarbürste suchen, Haarbürste nicht finden, Haarbürste finden lassen, sich kämmen lassen, frühstücken, Stofftier für den Kindergarten auswählen, gewähltes Stofftier von oben holen, zwölf weitere Stofftiere zur Verabschiedungsparade am Fenster drapieren, Schuhe suchen, Schuhe anziehen, den Meerschweinchen Frühstück bringen, Stofftier für den Kindergarten noch einmal neu wählen, neu gewähltes Stofftier von oben holen, den Hund küssen, die Mutter küssen (in dieser Reihenfolge), losgehen.

All das wird garniert mit einem unendlichen Strom von Fragen, Antworten, kurzen Bastelattacken, Liedern, »ich will jetzt malen!!«, Tränen, Postulaten aus der Rubrik »Deine Kindergartenbrote sind eklig!!«, verschüttetem Apfelsaft und Gelächter.

Wo bleibt da die Entschleunigung? Sie ist hier: Für alle Stofftiere und Tränen und Küsse steht eine Dreiviertelstunde des Morgens zur Verfügung. Alle Stofftiere und Tränen und Küsse benötigen jedoch drei Stunden. Da sie jeden Morgen geschafft werden, muss es sich morgens also um eine Art gedehnte Zeit handeln. Jeden Morgen haben wir drei Stunden Zeit, über zwei Stunden mehr, als von uns Eltern gefühlt! Hundertfünfunddreißig Minuten mehr, als die Uhr anzeigt!

Ich weiß, dass ich noch nicht reif bin für die höheren Weihen der Entschleunigung. Ich fühle mich morgens immer noch hetzend und gehetzt. Mir fehlt es an der richtigen Wahrnehmungsfähigkeit. Aber ich arbeite daran.

Ein Trost bleibt: Das Kind kann die Uhr noch nicht lesen – und das ist gut fürs Kind. Schlimm genug für kleine Wesen, dass sie die Auswirkungen unserer erwachsenen Hektik abbekommen und nur zu oft ihren Tag nicht so leben können, wie sie es gerne wollen. Da sollen sie nicht auch noch ständig auf die Uhr schauen müssen.

Ganz normal

Tränen, Trauer, Trösten

Sogar Menschen, die nicht zu Kindern neigen, dürfte bekannt sein, dass kleine Kinder fortwährend getröstet werden müssen. Ein Sturzbach von Tränen entfleußt ohne Ende den kleinen, blanken Augen. Der liebende Vater ringt um Worte, um Erklärungen, um Tröstungen: »Leila hat gesagt, sie ist GAR nicht mehr meine Freundin!!« Teddy ist weg, nicht zum ersten Mal. »Uropa ist vor meiner Geburt gestorben!« Der Sturm hat eine Blume geknickt.

Beliebt bei allen Beteiligten ist auch der schluchzende Ausruf »Mama bringt mich NIE ins Bett!!« und der nachfolgende Sturzbach. Nein, wir können nicht jede Trauer ernst nehmen, wir schaffen es nicht, wir sind fehlbar.

Anstrengend ist's, aber noch belastender sind die schnellen Wechsel. Als liebender Vater bin ich nun mal so gepolt, dass ich auf Tränen unverzüglich reagiere, hin zum Kind und es trösten um annähernd jeden Preis. Das ist drin in mir, ich kann nicht anders, Widerstand zwecklos. Kleine Kinder können jedoch in einer Sekunde von Tränen auf Lachen umschalten, von Kummer auf Freude. Ich bin noch in vollem Lauf zum Kind – »trösten, trösten, trösten« fordert drakonisch eine innere Stimme –, da macht es beim Kind »klick!«, mit strahlendem Gesicht lacht es mich an: »Guck mal, Papa, was ich gebastelt habe!!«

Das ist normal, ganz normale Tränen, ganz normaler Kummer, ganz normale Anstrengung. Sogar der Hund heult gelegentlich. Alles ganz normal, das wissen sogar denjenigen, die eher nicht zu Kindern neigen.

Denen dürfte aber kaum bekannt sein, wie sehr kleine Kinder ihrerseits zum Trostspenden befähigt sind. Sie können vielleicht noch nicht richtig sprechen – aber trösten, das können sie. In die Wiege gelegt. Göttliche Mitgift.

Unser jüngstes Beispiel: elterliches Ungeschick. Die kleine Lampe ist hingefallen, der gläserne Kubus in 22 scharfkantige, absolut nicht mehr klebbare Teile zersprungen. Mühsam und vergebens versuchen die Eltern, die eigenen Tränen wegzudrücken: Das Kind selbst hatte den Kubus liebevoll bemalt im zarten Alter von drei Jahren, für Papa zum Geburtstag. Diese Bemühungen liegen nun in Scherben. Wie wird es das Kind aufnehmen, wenn es aus dem Kindergarten nach Hause kommt? Den Eltern graut, das Kind naht.

Ein Blick zur ehemaligen Lampe, ein Blick zu den Eltern. Die Eltern schlucken. Das Kind öffnet den Mund, doch die erwartete Wehklage, der Sturzbach bleiben aus: »Papa!! Dann bemale ich dir eine neue Lampe!!« Die zweite Reaktion ist noch schöner: »Ich gebe dir erst mal einen Kuss, damit du nicht mehr so traurig bist!!«

Weiß das Kind, was es da tut? Kann es das reflektiert betrachten? Ich sage: ja.

Es ist schon anderthalb Jahre her, das Kind war damals dreieinhalb. Ich holte es vom Kindergartenbus ab, wir tippelten nach Hause. Das Kind begann ein Gespräch mit den Worten »Papa, bist du traurig??« »Nö, warum sollte ich?« »Weil Trösten so schön ist!!«

Sogleich wurde ich wirklich richtig traurig, und das Kind hat mich ganz herrlich getröstet, mir einen Kuss gegeben und mit kraftvoller Stimme dorfweit hörbar kundgetan: »Papa, ich hab' dich liiieb!!«

Privat genutzt

Tätig im touristischen Interesse

Das Jahr neigt sich dem Ende. Auch die Touristen sind alle weg, deshalb blicken wir kurz zurück auf die Saison. Denn das Pastorat, das wir bewohnen dürfen, wird beiläufig in einigen Reiseführern erwähnt – also kommen eben auch Touristen vorbei.

In einer lokalen Broschüre las ich »privat genutzt«, da möchte ich widersprechen. Es mag ein Hinweis auf die Wahrnehmung von Kirche in der restlichen Öffentlichkeit sein, wenn ein Pastorat als »privat« bezeichnet wird – doch was heißt schon »privat«?

Am Fuße der Warft liegt ein dicker Stein, darauf steht geschrieben »Pasters Hus«. Manche Touristen bleiben dort stehen, machen ihr Foto und gut ist. Manche klingeln um 13.17 Uhr und fragen, ob sie ein Foto machen dürfen. Dürfen sie. Manche fragen, ob sie einmal ums Haus herum gehen dürfen. Auch das.

Es gibt aber auch andere. So ist es gewöhnungsbedürftig, wenn fremde Leute im Garten Rad fahren wie in einer öffentlichen Grünanlage. Wir haben uns an Derartiges gewöhnt, sitzen beim Essen und blicken versonnen in den Regen hinaus. Da steht eine fremde Familie in Vollgummi um des Kindes Sandkiste und überlegt wahrscheinlich gerade, ob Gartengerümpel und Meerschweinchenstall eher auf eine öffentliche Grünanlage oder eher auf eine private Nutzung verweisen.

Kurz vor Ende der Saison wurden wir noch mit einem für uns völlig neuen touristischen Interesse konfrontiert. Es klingelt an der Tür, ich öffne. »Guten Tag, wir wollten uns die Ausstellung ansehen!« »Welche Ausstellung?« »Die Stofftiersammlung!« »Welche Stofftiersammlung?« »Äh, man hat uns gesagt, äh, dass es hier eine Stofftiersammlung gebe?!«

Gemeint ist die große Parade. Hinter den beiden Fenstern der Diele, links und rechts der Eingangstür, tummeln sich 47 Stofftiere und Puppen. Das morgendliche Drapieren von Teddy und Flocke, Bente und Lara und Lelle, Momo und all den anderen an den Fenstern ist harte Arbeit, Kinderarbeit. Ist die Arbeit getan, müssen wir uns sputen, denn der Kindergartenbus wartet nicht. Teddy und alle anderen winken uns lange hinterher, das ist ihre Aufgabe. Und mittags begrüßen sie uns schon von Weitem.

Nicht weniger aufwendig als der morgendliche Aufbau ist der abendliche Abbau der Parade. Teddy und alle anderen müssen »ab nach oben und ins Bett!«, wie das Kind selbst. Leider ist das Kind abends sehr müde und kann bestenfalls noch Momo tragen. Der Transport der anderen obliegt mir. Ich habe schon überlegt, ob man einen Lastenfahrstuhl einbauen kann, dann müsste ich nicht jeden Abend viermal gehen. Da Teddy einigermaßen gebrechlich ist, käme auch ein Treppenlift infrage. Aber das Denkmalschutzamt hat Einwände.

Womit wir wieder beim touristischen Interesse wären. Wenn Sie uns mal besuchen wollen, kommen Sie vormittags, dann ist das Kind nicht da, so können Sie die große Parade ungestört in voller Schönheit genießen.

Aber wehe, Sie bringen als Gastgeschenk ein Stofftier mit!

$E = mc^2$

Der Gesamtenergieaufwand und die Nettoschlafzeit

Im zarten Alter von zwei Jahren bemühte sich das Kind hörbar und sichtbar um verständliche Artikulation seiner Laute, dabei kamen so schöne Wörter zum Vorschein wie »Moutitie« und »Motoate«. Aus dem Nichts äußerte es dann eines Abends seinen ersten vollständigen Satz: »Ich bin satt und will ins Bett gehen!!«

Wir Eltern waren stolz und beglückt. Stolz über die sprachliche Leistung und beglückt über den Umstand, dass das Kind freiwillig (!) ins eigene (!) Bett wollte, und zwar jetzt (!). Wir also wenige Minuten danach in unser Bett gehen konnten, und zwar früh. Als Eltern hat man mitunter Mühe, so lange wach zu bleiben, dass man nicht aus Versehen vor dem Kind schlafen geht.

Warum sind Eltern immer müde? Klar, Säuglinge müssen von der Mutter gestillt werden, auch nachts. Oder vom Papa gewickelt, getröstet, besungen. Doch das fünfjährige Kind schläft durch.

Es ist nicht die geringe Nettoschlafzeit der Eltern. Als ich kürzlich in einem alten Buch blätterte, stieß ich auf die Ausführungen eines gewissen Albert E., da stand die Lösung! Es ist der Gesamtenergieaufwand, der uns Eltern so müde macht!

Wenn ich mich körperlich oder geistig bewege, wende ich Energie auf. Bewege ich mich stärker, wende ich mehr Energie auf. Irgendwann muss meinem Körper-Apparat mithilfe von Schlaf neue Energie zugeführt werden. So weit, so klar. Nun gibt es aber noch den familiären Gesamtenergieaufwand, der dazu führt, dass alle Beteiligten abends in die Kissen sinken und am liebsten bis übermorgen schlafen würden, würde das Kind nicht kurz vor sechs Uhr wieder auf der Matratze hüpfen. Auf unserer, nicht auf seiner.

Nun las ich in den Ausführungen von Albert E.: $E = mc^2$. Der familiäre Energieaufwand (E) ist das Produkt der Aufwendungen von Mama (m) und Quadratkind (c^2). Zu E.s Zeiten waren die Väter noch nicht sooo sehr mit der Kinderbetüdelung befasst, weshalb mit dem m heutzutage auch die Väter gemeint sind. Und c steht für Cind, eine altertümliche Schreibweise, die zu E.s Zeiten noch verwendet wurde.

Im Klartext: Wende ich als Vater 2 Energieeinheiten auf ($m = 2$) und das Kind auch 2 ($c = 2$), so ist der familiäre Gesamtenergieaufwand $E = 2 \times 2^2 = 8$. Erhöht das Kind seinen Energieaufwand minimal, also zum Beispiel auf 3 Einheiten, so ist das Produkt schon 2×3^2, also 18! Und gibt sich das Kind abends ein wenig Mühe und steigert seinen Aufwand durch wenige simple Tricks noch weiter auf 5 Einheiten, ist die Summe der gesamten familiären Energieaufwendungen schon bei 50! Und der simplen Tricks sind viele: Fallenlassen von Gegenständen, Verschütten von Saft, langwieriges, sorgfältiges Polieren jedes einzelnen Zahns mit der Bürste und stundenlanges Suchen des Schlafteddys, der längst im Bett ist.

Da ich aber in einem solchen Fall auch mehr Energie aufwenden muss (aufheben, aufwischen, ermahnen, mitsuchen), also vielleicht 4 Einheiten, so sind wir bereits bei $E = 4 \times 5^2 = 100$. Aus diesem familiären Gesamtenergieaufwand resultiert die abendliche Erschöpfung aller Beteiligten. Zumindest die der Eltern.

Albert E. war Wissenschaftler, die Formel ist korrekt. Es gibt für Eltern kein Entrinnen.

Geld

Die private Kollekte

»Papa ...«, raunt es leise in mein Ohr. »MAMA, DU MUSST WEGHÖREN!! Papa«, raunt es weiter, »gehen wir nachher einkaufen?« Bisher war mein Kind eine treue Begleiterin auf meinen hauswirtschaftlichen Touren, doch ein Übermaß an Freiwilligkeit war selten im Spiel. »Papa ... ich möchte mir ein Spielzeug kaufen von meinem eigenen Geld ...« Daher weht also der Wind.

In den letzten Wochen war Geld häufig ein Thema bei uns. Plötzlich war alles gebührenpflichtig! Der Gang die Treppe hinunter, der Gang die Treppe hinauf, das Verlassen des Hauses, das Betreten des Hauses, der Weg zum Gemeindesaal – war das Kind in der Nähe, trat es mir beherzt in den Weg und hielt die Hand auf: »Du musst erst Geld bezahlen!!« Das kommt dabei raus, wenn man kurz an den Strand will und am kleinen Holzhäuschen Kurtaxe berappen muss. Wie soll ein Kind lernen, dass die Welt für alle da ist?

Daheim genügte es zwar, eine ausgedachte Münze in die ausgestreckte kleine Hand zu drücken, doch das Ansinnen an sich war mir suspekt, weshalb ich mich auch häufig weigerte. Wieso soll ich für das Betreten meiner Küche eine Gebühr entrichten?

Einige Male weigerte ich mich auch nicht. Stand die Lütte mit ihrem kleinen Kescher vor der Toilettentür: »Ich spiele Kirche und sammle die Kollekte ein!!« Lieber eine Gabe als eine Diskussion.

Natürlich soll ein Kind den Umgang mit Geld lernen: was das Geld wert ist und was die Dinge ihm wert sind. Dafür hat es ein kleines Lederportmonee, schwer an Münzen. Schlauerweise werfen wir vor unserer Einkaufstour einen Blick hinein. Es handelt sich um schwedische Ein-Kronen-Stücke aus dem letzten Urlaub und 31 Eurocent. Als ich dem Kind zartfühlend bedeute, dass es zwar schweres Geld habe, dafür aber praktisch nichts kaufen könne, treten Tränen ins Freie. Die zartfühlende Mutter tauscht dem Kind die Schwedenkronen zum tagesaktuellen Kurs in Euro, und wir ziehen in die Welt, in der das Geld regiert.

In Ermangelung eines echten Spielzeugladens vor Ort besuchen wir die Filiale des Drogisten, in der es eine Spielzeugecke gibt. Oh, was es da alles zu sehen gibt! Oh, was man alles kaufen könnte, wenn das Geld dafür reichen würde! Und oh, wie gut, dass die meisten hässlichen Sachen teuer sind! Und oh, wie gut, dass das Kind Preisschilder noch nicht lesen kann!

Schließlich findet es ein winzig kleines Püppchen mit einer noch viel kleineren Stoffmütze – eine Puppe für die Puppe! Stolz zieht das Kind damit zur Kasse, zahlt, lässt sich souverän die Verpackung entfernen, verliert auf dem Weg zum Ausgang gleich die kleine Stoffmütze – und ist glücklich. Selbst! Ausgesucht! Selbst! Gekauft! Vom! Eigenen! Geld!

Für den weiteren Fortgang des Lernens bekommt das Kind nun einmal in der Woche Taschengeld. So wird es den Wert des Geldes kennen- und schätzen lernen.

Jetzt muss ich meinem Kind nur noch beibringen, dass die Kollekte nach dem Gottesdienst nicht für die Anschaffung von weiterem Spielzeug gedacht ist. Beim letzten Familiengottesdienst war das Kind für das Einsammeln zuständig, danach lag bemerkenswert wenig im Beutel.

Kann aber auch an der geizigen Gemeinde liegen.

Kann das Baby haben!

Kindliche Strategien

Das Kind freut sich auf sein kommendes Geschwisterchen. Wir bereiten uns auf die Ankunft des neuen Erdenbürgers vor – auch wenn wir dabei stets bedenken, dass wir nicht wissen können, was für ein Geschlecht uns ins Haus steht.

Vom Dachboden haben wir mehrere Kisten geholt, darin fanden sich Babyklamotten, die das Kind jetzt mit Begeisterung an Teddy ausprobiert. Damit sind Konflikte vorprogrammiert, denn Teddy wird nicht einsehen, warum er den süßen Strampler wieder hergeben soll, wenn das Baby erst mal da ist.

Eine weitere Kiste enthielt Babyspielzeug. Nichts, was unser Kind jemals vermisst hätte. So dachten wir. Doch dann gellen Entzückensschreie bei jedem Stück, das aus den Tiefen der Kiste auftaucht: »Ooohhh, das brauche ich noch!!« Klar, du bist fast fünfeinhalb Jahre und benötigst dringend eine Rassel. »Die brauche ich wirklich!!« Wäre dem Baby damit nicht besser gedient? »Ich kann sie Baby mal leihen. Aber nur für eine Stunde!!« Gut, so kommen wir allmählich voran.

Während die Mutter näht und da, wo sie noch hinreicht, putzt, äußert sich der Nestbautrieb bei mir völlig anders und meint doch dasselbe: Ich hole die zwei Kartons vom Dachboden, in denen meine alte Modelleisenbahn verwahrt ist. Schließlich will das Baby was zu spielen haben – so in sieben oder acht Jahren …

Auch blättere ich ein wenig im Internet, um mir Rat zu holen für anstehende Tat. Zum Thema »Baby & Geschwister« finde ich fast nur Hinweise auf die ganz große Katastrophe, die uns offenbar bevorsteht. Von Glück ist da selten die Rede. Besonders ermutigend ist der Internetableger der Zeitschrift »Eltern«: »Sie werden Ihrem Kind nicht ersparen können, dass es durch den Familienzuwachs leidet.« Leidet.

Wie sehen diese uns bevorstehenden Leiden praktisch aus? Brigitte.de meldet, dass die großen Geschwister alles wiederhaben wollen: eigene Windel, eigenen Schnuller, eigene Brust. Orf.at bietet aggressives Verhalten dem Baby gegenüber sowie Probleme mit dem Sauberbleiben. Bemerkenswert sind auch Ratschläge wie dieser: »Kindern im Kindergartenalter sollte man die Schwangerschaft nicht verheimlichen.« Tatsächlich? Für wie blöd und blind halten die unser Kind?

Im an sich empfehlenswerten Familienhandbuch.de heißt es: »Das ältere Kind merkt, dass sich plötzlich nicht mehr alles um es dreht. Psychologen betiteln diese Situation als ›Entthronungs-Schock‹, Ursache dafür, dass das ältere Kind in ›Baby-Verhalten‹ zurückfällt, d.h. gestillt werden möchte, Bettnässen anfängt, psychosomatische Beschwerden zeigt.«

Natürlich ist mir klar, dass es diese Probleme nicht nur im Internet gibt, sondern auch im echten Leben. Aber offenbar ist ein Geschwist nur ein Problem und keine Freude, keine Lust, kein Geschenk. Das glaube ich ja GAR nicht.

Gerade habe ich mich zu Tröstendem durchgeklickt – »Liegen drei oder mehr Jahre zwischen den Geschwistern, ist nicht mehr mit nennenswerten Konflikten zu rechnen« –, taucht meine Große aus ihrem Zimmer auf: »Papa, ich habe diese Pixi-Bücher aussortiert, die sind alle total doof, die kann das Baby haben!!«

Die nennenswerten Konflikte sind vorprogrammiert.

Teddy ist Teddy

Und das soll er auch bleiben

Wir wollen uns nun einem sanften und unterhaltsamen Thema widmen: der plastischen Chirurgie.

Teddy ist des Kindes Begleiter von Beginn an und heißt tatsächlich nur Teddy. Teddy ist Teddy an sich, ein klassischer, freundlich lächelnder. Der einzig echte und wahre.

Leider wird Teddy »gelegentlich« irgendwo vergessen. Vorübergehend natürlich nur, spätestens nach dem Umsteigen in einen anderen Zug fällt dem Kind ein, dass es im ersten Zug jemand hat liegen lassen … Freunde durften schon bei der Suche helfen, Busfahrer auch und Kindergärtnerinnen noch und nöcher. Teddy wurde so oft gesucht und gefunden, dass wir – die liebenden Eltern – ihn niemals mehr irgendwo vergessen können.

Der elterliche Aufwand hat einen einleuchtenden Grund: Das Kind braucht Teddy zum Schlafen. Es ist ausgeschlossen, dass das Kind jemals im Leben ohne Teddy wird einschlafen können. Ohne Teddy kein Schlaf. Ohne Schlaf keine Ruhe. Ruhe für uns. Deshalb suchen wir Teddy stets hochmotiviert.

Eine Zeit lang wurde Teddy ab und an in die Waschmaschine gesteckt und so von definierbaren, aber auch allen anderen Gerüchen befreit. Die Spieluhr im Inneren des freundlichen Wesens behielt trotz großer Belastungen immer ihren freundlichen Klang. Mit der Zeit wurde Teddys Fell dünn und dünner, an einigen Stellen des Leibes und des Gesichts zeigten sich offene Wunden. Teddy verging, er zerfaserte und drohte im Nichts zu verschwinden. Den nächsten Waschgang hätte er nicht überstanden. Kein Teddy, kein Schlaf. Trübe, vor allem schlaflose Aussichten.

Eine andere Einschlafhilfe? Zwar besitzt das Kind 46 weitere Stofftiere, aber keines von ihnen kommt im emotionalen Ranking auch nur in die Nähe von Teddy. Einen neuen »baugleichen« Teddy kaufen? Dem würden Geruch und Ausstrahlung fehlen, sein stofflicher Körper wäre nicht plattgeliebt.

In einer konzertierten Aktion durchpflügten wir eine größere Zahl von Spielzeugläden – und wurden glücklich fündig: ein lebloses Kuscheldings, mit einem Fell bezogen, dem Fell des einzig wahren Teddys ähnlich. Der überflüssige Kopf – damit kommen wir zum chirurgischen Teil – wurde mit der Schneiderschere abgetrennt und das fremde Fell mit aufopfernder Näh- und Stopfarbeit über die lichten Stellen von Teddy gezogen, gestülpt, genäht.

Jetzt ist Teddy wieder ganz und ohne Löcher an Leib und Visage. Einige Echthaarteile sind ihm verblieben, Ohren und

Hände etwa, Beine und Nase. Also riecht er wie vormals. Teddys Lächeln allerdings musste komplett neu erstellt werden, der alte Mund war nicht zu retten. Das Lächeln ist jetzt ein wenig schief, je nach Lichteinfall sieht es mal spöttisch und mal verschlagen aus.

Das Kind war Zeuge der chirurgischen Eingriffe, anders wäre es gar nicht möglich gewesen. Das Kind ist ja nicht doof und erkennt den Unterschied zwischen Vorher und Nachher. Der Relaunch glückte. Teddy blieb akzeptiert als der einzig echte und wahre.

Mich stimmt das froh. Auch wenn ich hoffe, um die Begegnung mit plastischer Chirurgie und einen Relaunch am eigenen Leib herumzukommen: Jünger werde ich nicht, faltenreicher schon. Doch ich möchte auch zukünftig als Papa akzeptiert bleiben. Als der einzig echte und wahre.

6.52 Uhr

Wochenende

Wochenende! Woran erkennt ein Vater das Wochenende? Zuerst ist da als Verheißung und Vorspiel der Freitagabend. Er bringt das gute und sichere Gefühl mit sich, dass morgen Sonnabend sein wird. Kein Kindergarten, kein Kindergartenbus, keine Hetze, kein Gebell. Das Kind darf am Vorabend länger aufbleiben und spielen und plaudern und noch eine Runde mit dem Fahrrad ums Haus fahren und noch eine Runde und noch eine – schließlich ist heute Freitag!

Sehr spät am Abend, wenn der Hund längst schnarcht und es still ist im Haus und sogar ich schlafen gehen will, schleiche ich noch einmal ans Bett des Kindes und küsse es sacht auf die Wange. Ein Lid zuckt. »Papa, wie viel ist sechs plus sechs??« »Zwölf, mein Schatz.« »Gute Nacht, Papa!!«

Und dann bricht das Wochenende aus! Kein Wecker piept, kein Kindergarten, kein Gebell. So weit die naive Theorie. Woran erkennt ein Vater das Wochenende? Um 6.52 Uhr steht das Kind an unserem Bett. Genau das Kind, das wir an Kindergartentagen um dieselbe Zeit nur mit Mühe und Jammer wach kriegen.

»Papa!!« Ich grunze, aber es hilft nichts. »Papa!! Ich bin ein Gecko!!« Ist klar, mein Schatz, hab' ich immer schon gedacht, spiel jetzt schön in deinem Zimmer, aber sei leise dabei. »Papa!! Wir sind im Gecko-Land!!« Wieso wir? Ich bin noch im Schlafland und möchte dort auch bleiben. »Papa!! Wir sind im Gecko-Land und heute ist Gecko-Turnen!!« Mit diesen Worten und einem Satz springt mein geliebtes Kind auf meinen Bauch. 20 Kilo quicklebendiger Gecko.

Ich stelle mich schlafend, was lächerlich ist. Denn das Größte für eine Fünfjährige ist Toben mit Papa. Toben mit einer Fünfjährigen? Wrestling ist Seniorengymnastik dagegen.

Wenn das Kind aber irgendwann genug getobt und meinen Sonnabend mit frischen blauen Flecken eingeläutet hat, holt es das kleine Plastikklavier und bringt seinen Eltern ein Morgenständchen. Das Klavier schenkte eine wohlmeinende Nachbarin dem Kind. Wohlmeinend gegenüber dem Kind. Das Kind kann gar nicht Klavier spielen, und genau so klingt es auch.

Wenn dem Kind auch das Musizieren langweilig geworden ist, verschwindet es fürs Erste. Das sind die Minuten, in denen ich als unverbesserlicher Optimist an Wunder glaube. Ich hoffe: Das Kind geht basteln. Bastelt etwas Großes, Buntes, etwas, das es geräuschlos basteln kann und das es lange beschäftigt – sehr lange. Bis zehn Uhr und länger.

Wenige Minuten später wabert beißender Schimmelgeruch durchs Schlafzimmer. Das Kind hat sich ein erstes Frühstück zu-

bereitet und es mitgebracht, um uns freundlich plaudernd Gesellschaft zu leisten. Toastbrot mit zentimeterdick Blauschimmelkäse, dazu reicht es sich einen Ziegenkäsetaler.

Erstaunlicherweise findet die Mahlzeit neben unserem Bett statt, am Sonnabend letzter Woche gab es morgens Knäckebrot mit Philadelphia und Ketchup – in unserem Bett. Glücklicherweise gibt das Kind von diesen frühen Mahlzeiten nichts ab, ich muss also nicht vor dem ersten Eimer Kaffee Probe essen.

Aber ich muss aufstehen und die Fenster weit aufreißen: frische Luft! Und siehe, die Sonne scheint, und die Vögel singen. Ich preise den Herrn und lobe ihn: Es ist Wochenende!

Wunderbar

Die Wege des Kindes sind unergründlich

Dass man ein kleines Kind einen halben Tag suchen kann und es nach Stunden der Suche und mit den schrecklichsten Bildern im Hinterkopf schlafend im Kleiderschrank findet, das ist bekannt. Versteck spielen ist großartig, besonders, wenn Papas Rufe einen leicht panischen Unterton bekommen.

Doch auch ohne Versteck spielen ist das Kind weder da, wo man es vermutet, noch da, wo es vor vier Sekunden war. Die Wege des Kindes sind unergründlich. Eine Fünfjährige »leiht« sich den Tesafilmabroller, klemmt den Fahrradhelm unter den Arm und verkündet »Ich geh' mal eben aufs Klo!!«

Suche ich sie wenig später, ist sie weder in ihrer Bastelecke noch mit dem Rad im Hof noch auf der Toilette. Egal, was sie vor vier Sekunden gesagt hat, ich muss immer im ganzen Haus suchen.

Vor einigen Wochen war in der Zeitung von einem Lütten im Hunsrück zu lesen, der die Welt erkundete. Nach dem Kindergarten tippelte er zum Bahnhof und setzte sich in den nächsten Zug. Die Reise endete zwei Dörfer weiter: Ein Fahrgast verpetzte den Abenteurer und übergab ihn der Polizei. Seitdem habe ich bei der Suche nach meinem Kind noch mehr Bilder im Hinterkopf. Zwar wohnen wir nicht im Hunsrück, doch auch unser Dorf hat einen Bahnhof.

Wo also ist das Kind jetzt gerade? Es sitzt nicht im Zug und macht nicht Urlaub von den Eltern – es will ein anderes großes Abenteuer bestehen! Es hat nämlich einen Bruder bekommen. »Mein Baby!!« Und bei diesem Baby ist das Kind die meiste Zeit des Tages anzutreffen. Wie praktisch: Das Abenteuer findet zur Zeit in den eigenen vier Wänden statt. So muss ich das Kind nicht mehr im ganzen Haus suchen: Das Kind ist beim Baby. Und da bin natürlich auch ich.

Die Begeisterung ist groß. Die vor einigen Wochen in Sicherheit gebrachte Rassel – »Die brauche ich noch!!« – und der für Teddy bestimmte alte Strampler wurden umgehend und liebevoll dem Baby überreicht.

Das sich noch nicht wirklich für diese Liebesgaben interessieren mag. Denn es schläft entweder in seinem Bettchen (oder auf einer anderen horizontalen oder sogar vertikalen Fläche) oder labt sich an der Mutter. Beim Wechsel vom einen in den anderen Aggregatzustand schreit es. Sonst ist nicht viel. Außer, dass es hinreißend süß ist und das schönste Baby auf der Welt. Aber ich will hier nicht mit Selbstverständlichkeiten langweilen.

Auch das Kind ist verzaubert. Da wird übers Sofa geklettert und aufs Bett gerobbt, um den kleinen Bruder in allen Lagen und aus allen Winkeln zu beobachten und zu streicheln. Eilfertig werden Windeln und Tücher und Lappen und Decken und Mützchen hin- und hergetragen. Pläne werden geschmiedet für die nähere und fernere Zukunft. »Heute Nachmittag fahren wir an den Deich und gehen Eis essen mit Baby!!« Schon wird die kleine Babyschale die Treppe hochgeschleppt.

Ein schwer zu bremsender Aktionismus, der den Eltern zwiespältige Gefühle abverlangt: Einerseits nervt dieses Hin und Her, diese Hektik, weil es doch primär darum geht, das Baby vom Schreien ab- und zur Nahrungsaufnahme anzuhalten. Andererseits ist diese rückhaltlose schwesterliche Liebe gegenüber einem schreienden kleinen Paket hinreißend! Wie viel Liebe so eine ja auch noch recht kleine Fünfjährige geben kann! Was für ein wunderbares Geschenk!

Oder, Papa?

Nachfragen

Das Thema ist die Frage. Welches Thema? Eben. Eine fragwürdige Angelegenheit. Und als Vater ist man sowieso allzeit fragwürdig, also einer Kinderfrage würdig. »Papa …??« Ja, mein Schatz?

Allen liebenden Eltern ist der Eifer ihrer Kinder bei der Wissensaneignung vertraut. Sie äußert sich in einem unendlichen Strom an Was-ist-das?-Fragen und Warum?-Fragen. Was ist das? Ein Stern. Was ist ein Stern? Ein Himmelskörper, ein von ferne leuchtender Ball, der in der Nacht funkelt. Warum? Weil er Licht ausstrahlt wie unsere Sonne. Warum? Na ja, und so weiter, Sie können es sich vorstellen und ich werde hier nicht den ganzen Dialog preisgeben, schon gar nicht sein für mich nicht besonders schmeichelhaftes Ende.

Es gibt aber noch eine Steigerung der Dauer-Fragerei, das ist die Nachfragerei. Sie wiederum existiert in zwei Varianten.

Zuerst ist da die auch vielen Erwachsenen vertraute Variante, die nicht auf Wissensaneignung abzielt, sondern auf »Selbstbestätigung durch Wahrnehmung des Wohlklangs der eigenen Stimme«, wenn gerade andere Menschen über ganz was anderes reden. Getreu dem Motto »Es ist alles gesagt, aber noch nicht von jedem«. Ein bekannter Sachverhalt muss von jedem Anwesenden in der Besprechung oder beim familiären Treffen am Kaffeetisch wiedergekäut werden.

Die zweite Variante der Nachfragerei ist die sich vergewissernde. Sie zeugt in Umbruchphasen von einer ganz natürlichen Unsicherheit und dem Versuch, diese zu überwinden. Zu solchen Umbruchphasen gehören Umzüge, ein frisch in die Familie eingeführtes Baby, ein Wechsel in der Führungsriege der Kindergartengruppe oder die Vorbeifahrt des ultimativ allergrößten Mähdreschers der Welt. Die sich vergewissernde Nachfrage manifestiert sich als »Oder, Papa?« und wird an jede, aber auch wirklich jede Feststellung angehängt. Oder?

»Das war jetzt aber ein großer Mähdrescher. Oder, Papa?« Es reicht, wenn ich zur Vergewisserung des Kindes an dieser Stelle einen zustimmenden Laut grunze, was angesichts des gegenwärtigen Ausmaßes von Nachfragerei meiner Großen zu einem Dauergrunzen meinerseits führt. Wie gut, dass wir auf dem Land wohnen, da fällt das Gegrunze nicht so auf. Erstens gibt es hier Schweine, zweitens redet der Küstenbewohner ja ohnehin nicht oft und selten viel auf einmal. Gerne behilft er sich mit einem Grunzlaut, und ich selbst gehöre auch gerade zur Grunz-Fraktion.

»Der war knallgrün, der Mähdrescher. Oder, Papa?« Grunz. »Der gehört Oke. Oder, Papa?« Grunz. »Den hat er neu. Oder, Papa?« Grunz.

Gestern Abend fand die Nachfragerei ihren Höhepunkt, der nicht leicht zu steigern sein dürfte. Das Kind ist satt, vom Dreck des Tages halbwegs gereinigt, die Zähne sind gebürstet, der Schlafanzug duftet frühlingshaft, eine Geschichte wurde gelesen – der Tag ist praktisch zu Ende gelebt. Ich bette mein Kind, decke es liebevoll zu und küsse es zart. Schon halb im Schlaf murmelt es versonnen: »Papa, ich hab' dich lieb! Oder, Papa?«

Duhu, Papa?

Kann ich. Mach ich. Alles. Jetzt. Sofort.

Bei Kindern dauert es selten länger als fünf Lebensjahre, bis erste Gedanken über die Zukunft und spätere Berufsausübung auf die Themenliste geraten. Das Kind denkt also über ein erfülltes Leben als Kuscheltierpflegerin nach. Wie die Eltern, nein, so wolle sie nicht werden. Für Verlage schreiben gar, wie Papa? »Nö. Weil ich schon ganz viele Auftrags hab'.«

Was aber macht ein Kind, wenn es zu viele Auftrags hat? »Papa, ich hab' morgen zehn Sachen vor!!« »Huiii, das ist ja viel ...« »Das ist ernst, Papa!!« »Ich finde das auch total süß!« »Das ist NICHT witzig!! Dann bin ich morgen Abend so todmüde, dass ich nicht mehr Abendbrot essen kann!!« Das Kind denkt ein wenig an diesen anstrengenden Aussichten herum und erleichtert sich: »Ach, Papa, ich lass' fünf Sachen weg und mach' nur drei!!«

Bei uns schafft meine Frau den größeren Teil des Haushaltsgeldes heran. Da sich mein Selbstwertgefühl nicht nur aus dem Füttern der Kinder und des Hundes speisen mag, schreibe ich ab und an auch kleine Geschichten.

Bei anderen Berufstätigen geht es anders zu. Blicken wir auf einen normalen Arbeitstag bei ganz normalen Menschen.

Einer hat einen nicht unwesentlichen Teil der Firma seines Chefs erfolgreich outgesourct und wurde vom Chef mit einem Schulterklopfen bedacht, was einer Beförderung gleichkommt.

Die Nächste hat bei einem Routineflug über das Land nicht nur Kühe erschreckt und tolle Luftaufnahmen angefertigt, sondern auch ein Auto entdeckt, das versteckt im Wald geparkt wurde und eine wichtige Rolle bei einem schweren Verbrechen spielte. Die Ermittlungsbehörden danken.

Der Dritte hat heute Nachmittag einem jungen Paar in den Stand der Ehe verholfen, einem Trauernden Trost gespendet und in vier wichtigen Telefonaten acht Probleme gelöst.

Blicken wir nun auf einen ganz normalen Arbeitstag bei einem ganz normalen Papa. Also bei mir:

Ich schalte den Computer an, er surrt und summt leise, ich öffne das Programm, mit dem ich arbeiten möchte. Schon mit dem nächsten Mausklick öffnet sich … meine Arbeitszimmertür.

»Duhu, Papa??« »Jaha?!« »Papa, kann ich dich mal was fraaagen??« »Schatz! Frag!« »Ich brauche deinen Tesafilmabroller.« »Der ist in deiner Bastelecke, wo er meistens ist.« »Das weiß ich.« »Und?« »Ich kann ihn nicht finden, kannst du ihn mir suchen??« Wohl wissend, dass eine kurze Suche meiner Arbeit förderlicher ist als eine lange Diskussion, suche ich. Und finde. Ein Kinderspiel.

Ich wende mich wieder meinem Computer zu und stelle fest, dass die Datei defekt ist. Ich starte ein Dateienreparaturprogramm und gehe einen Kaffee kochen.

Einige Minuten später sitze ich mit meinem Lieblingskaffeebecher wieder am Schreibtisch. Ich überlege kurz und hebe die Hände … um mir die Ohren zuzuhalten. Denn aus dem Nachbarzimmer erdröhnt Musik, Nena, das Lieblingslied meiner Fünfjährigen, die aus voller Kehle mitsingt: »Willst du mit mir geh'n, willst du? Willst du mit mir geh'n?« Ich öffne die Tür, drehe mit zwei Zehenspitzen den Regler runter, nehme die Hände von den Ohren.

»Papa!! Das ist zu leise!! So kann ich nicht hüpfen!!« »Hüpf draußen!« »Trägst du mir das Trampolin in den Garten??« Ich trage das Trampolin in den Garten, setze mich an den Schreibtisch, schreibe ein paar Zeilen, denke ein paar Gedanken.

Das Kind kommt rein. »Papa!! Es regnet!!« »Hol dir eine Regenjacke!!« »Mein Trampolin darf nicht nass werden!! Kannst du es reintragen??« Ich trage das Trampolin ins Wohnzimmer, setze mich an den Schreibtisch, wenig später erdröhnen Nena und Kind.

Ich stehe auf und werfe einen Blick nach nebenan. Das Kind hüpft mit Regenjacke auf dem Trampolin und grölt. Ich drehe am Regler. »Papa, so kann ich aber GAR nicht hüpfen!!« »Und ich kann so nicht arbeiten.« »Papa, ich kann doch auch arbeiten bei Musik!!«

Ich setze mich an den Schreibtisch, schreibe zwei Zeilen, blicke aus dem Fenster, der Regen wird stärker. Nun kommt der nasse Hund rein und trottet auf direktem Wege zu seiner müffigen Matte. Dieser direkte Weg führt durch mein Arbeitszimmer. Ich hole einen Lappen, schreibe zwei Zeilen, meine Frau kommt mit dem Baby herein. Klar kann ich mal eben wickeln. Das Telefon auf meinem Schreibtisch klingelt. Die Tür geht wieder auf, »Papa?? Kannst du mir bitte das Trampolin …« Kann ich. Mach ich. Alles. Jetzt. Sofort. Gern auch viermal.

Aber wenn ihr alle im Bett seid, schreibe ich meine Geschichte zu Ende. Und morgen – morgen lasse ich fünf Sachen weg und mache nur drei!

Rechnen

Mehr oder weniger

Unsere Lütte wird groß, das sehen wir nicht nur am Kontrast zum sabbernden und spuckenden Brüderchen. Unlängst wurde dem Kind ein Besuch beim Haarabschneider gegönnt, weil es unbedingt kürzere Haare haben wollte. Da der eine Salon überbucht war, nahmen wir den Zehn-Euro-Frisör schräg gegenüber, und weil es sich um einen Kinderkopf handelte, kostete es nur sieben Euro.

Wie eine junge Dame, die alle 14 Tage das Haupt in die Waschschüssel senkt und sich danach plaudernd die Spitzen kürzen lässt, so souverän kann sich auch eine Fünfjährige beim Frisör verhalten. Weniger souverän ist allerdings, dass diese Fünfjährige überall herumerzählt, dass ihre neue Frisur nur sieben Euro gekostet habe – dem Kinderhirn ist der Unterschied zwischen »günstig« und »billig« noch nicht klar.

Wie viel aber sind sieben Euro wirklich wert? Das Kind weiß es nicht. Kaum ruht das wöchentliche Taschengeld in der kleinen Hand, will es losziehen. Es ist dem Shopping-Wahn verfallen! Ausgerechnet ich, der mit Geld fast gar nicht umgehen

kann – jedenfalls ist nie welches da, wenn ich in meiner Hand nachsehe –, will jetzt mein Kind dafür gewinnen, sein Taschengeld nicht sofort auszugeben.

»Nach Golde drängt, / Am Golde hängt / Doch alles. Ach wir Armen!«, lässt Goethe das faustische Gretchen erkennen. Meine Lütte ist dicht bei ihr: Gestern Abend, das Kind liegt ermüdet von des Tages Lauf im Bett, Papa hat gelesen, gestreichelt und schon eine gute Nacht gewünscht, da murmelt das Kind: »Papa, kannst du mir noch einen Gefallen tun?«

An dieser Stelle erwartet der erfahrene Papa schon lange nichts kindlich Romantisches oder romantisch Kindliches mehr. Der kluge Papa sagt deshalb nicht leichtfertig »Ja«, sondern fragt: »Was denn, mein Schatz?« »Kannst du runtergehen und in mein Portmonee gucken und dann wieder hochkommen und mir sagen, wie viel Geld ich habe??«

Das mache ich sicher nicht. Erstens braucht ein Kind nachts kein Geld (in zwölf Jahren sprechen wir uns wieder), und zweitens habe ich gerade eine wunderschöne Gute-Nacht-Geschichte vorgelesen, die den Tag beendet hat, und drittens soll nicht schnöder Mammon das Letzte sein, an das mein Kind vor dem Einschlummern denkt.

Tut es aber leider. Morgen wird das Kind erneut losziehen wollen, um seine paar Münzen auszugeben. Egal für was – shoppen eben. Den Wert des Geldes misst es dabei noch eher an der Zahl der Münzen. »Papa, wie viel kostet das??« »Neunundzwanzig Euro.« »Ist das mehr oder weniger als neunzig Cent??« Mehr, mein Schatz, sehr viel mehr, denn in der Welt geht es gerecht nicht zu.

»Papa!! Gib mir was von deinem Geld und dann bekomme ich nächste und übernächste und überübernächste Woche kein Taschengeld!!«

Da hat eine Fünfjährige wie nebenbei das Kreditwesen erfunden. Jetzt muss ich ihr nur noch das mit den Zinsen schmackhaft machen, dann habe ich fürs Alter ausgesorgt.

Spruch des Jahres

So ist dein Leben!

So ein altes Pastorat hat dicke Mauern und also tiefe Fenster und also große Fensterbänke, die dazu einladen, mit allerlei Zeugs beladen zu werden. Wenn einer dann in der Küche schnell etwas ablegen muss, kann es in seltenen Ausnahmefällen passieren, dass er vorübergehend eine leere Käseverpackung auf die Fensterbank legt.

Da ist das Kind aber zur Stelle und tönt: »So ist dein Leben!! Einfach mal den Müll auf die Fensterbank legen!! Zum Schmuck, natürlich!!« Das wurde, klar, zu unserem Spruch des Jahres.

Wie aber sieht unser Leben tatsächlich aus? Eher Müll auf der Fensterbank oder eher Schmuck? Wir machen eine Bestandsaufnahme dieses unseres Lebens. Von links nach rechts:

Ein undefinierbarer Keramiktopf mit Trockenblumen, ein Bernhardiner aus Holz, ein Stein, ein weißer Topf mit einem Gewächs mit weißen Blüten, teilweise vertrocknet, ein roter Topf mit einem Gewächs mit rosa Blüten, teilweise blühend, zerbügelte Bügelperlen, ein Anstecker aus dem Multimar Wattforum, ein Kaktus in einem beigefarbenen Kaffeebecher mit naiven Motiven, eine Streichholzschachtel, vier Muscheln vom Strand, eine kleine Mundharmonika, ein bunt geringeltes Müslischälchen mit einem Töpfchen halbvertrockneter Basilikumstängel, ein Henkeltopf als Gießkanne mit Hühnern drauf (knochentrocken), ein blauer Puppensitz, den man an den Lenker des Kinderfahrrades klemmen kann, drei bemalte mittelgroße Steine, eine Kinderbecherlupe, zwei gebastelte, gemalte, gemeinsam mit Mama laminierte Tischsets, eine schlichte Schale mit vielen Steinen und zwei Papierhühnern, ein gebasteltes Stirnband, wie es Pferde zur Abwehr der Fliegen vor den Augen haben (hier aus Papier, nicht aus Leder), der Blechdeckel einer Lillifeeblechdose in Herzform (ohne die Dose), vier gemalte Bilder, der Deckel eines Schuhkartons, randvoll mit Stiften, eine Plastikdose mit Schnipseln, ein Papierfaltboot, ein Filzschreiber, ein Papierfähnchen der vorletzten Kirchengemeindeveranstaltung, ein violetter Luftballon, nicht aufgeblasen, diverse Stoffbänder in Blau und Weiß, ein Kiefernzapfen, fünf Bierdeckel (nicht von mir!), beklebt mit Aufklebern, ein Stück Paketband mit einer am Ende aufgefädelten kleinen blauen Plastikperle, ein Pappbecherchen mit zerstampften Blättern und zerstampften Muscheln und einem Plastiklöffel darin (Frühstück für Teddy), ein Lillifeekaleidoskop, ein großer Plastikbecher mit feucht gewordenen Straßenpflasterkreiden, ein Tischgebetswürfel, eine Haarbürste.

Die diversen angetrockneten Blümchen gehen klar auf die elterliche Kappe, die eingangs erwähnte Käseverpackung wurde zwischenzeitlich entsorgt. Alles andere ist mehr oder weniger Kleinkindgerümpel!

Der Ganzlütte kann noch nicht mal greifen, geschweige denn basteln. Aber er wird es eines Tages könne, und dann brauchen auch seine Materialien und Werkzeuge und Kunstwerke Ablageflächen. Deshalb gehe ich vorsorglich durchs Haus und betrachte nachdenklich sämtliche Fensterbänke. Fazit: Mit Ausnahme einer Fensterbank im Gästezimmer und einer im Arbeitszimmer liegen alle voll mit Kleinkindgerümpel. »Zum Schmuck, natürlich!!«

Ja, so ist mein Leben!

Ruf doch mal an!

Kindergeld, der Drucker und das Formular

Für ein weiteres Kind gibt es weiteres Kindergeld. Das muss man allerdings extra beantragen. Aber wie und wo? Ruf doch mal an. Die Frau vom Bürgermeister ist sehr nett, ihr Mann sei gerade im Stall, aber er sei ohnehin gar nicht zuständig, sie riet, es auf dem Amt zu probieren.

Ich rufe auf dem Amt an, im nächsten Dorf. Dort ist man sehr nett, aber auch gar nicht zuständig, und verweist mich ans Amt der nächsten Kleinstadt. Ich rufe in der nächsten Kleinstadt an. Die dortige Mitarbeiterin ist sehr nett, weiß mit meiner Frage ums Kindergeld nichts anzufangen und muss sich erst schlaumachen. Der nette Rückruf bringt die Klärung: Man sei gar nicht zuständig, zuständig sei das Arbeitsamt. So ein kleines Kind macht wirklich viel Arbeit, auf das Arbeitsamt als die zuständige Bürokratie wäre ich allerdings nicht gekommen.

Ich rufe beim Arbeitsamt an und lausche einer automatischen Ansage mit netter Stimme, bitte wählen Sie die drei, oder, wenn das und das, dann wählen Sie die fünf, oder, wenn das und das, dann wählen Sie die neun. Ich drücke die fünf und werde mit der nächsten automatischen Ansage verbunden, die Rufnummer hat sich geändert, wählen Sie bitte 01805 und so weiter. Das ist eine von den Nummern, bei denen man nie weiß, ob der Angerufene nicht vielleicht in Barcelona sitzt und ob der Anruf jetzt 49 Cent die angefangene Viertelsekunde kostet oder gar nichts.

Ich wage es dennoch. Und siehe, dort ist man sehr nett und findet uns gar nicht im Computersystem. Schön, dass wir bisher trotzdem Kindergeld für unsere Große bekommen haben. Tja, und dann sagt man mir, dass man das Kindergeldantragsformular ganz einfach im Internet herunterladen kann …

Warum nicht gleich so, frage ich mich selbst, lade das Formular runter, jetzt muss ich es nur noch ausdrucken und ausfüllen. Leider ist mein Drucker kaputt. Ich brauche einen neuen Drucker. Kindergeld könnte ich dafür gut gebrauchen.

Ich ziehe meine Jacke an, ziehe dem Kind eine Jacke an und öffne die Tür. »Papa!! Teddy muss mit!!« »Aber wir wollen doch nur kurz ...!?« »Papa ...!!« Kleine Pause, großes Rumpeln. »Papa, ich kann Teddy nicht finden!!« »Wir wollen ja auch nur kurz ...!?« »Papa!! Teddy MUSS mit!!« Ich suche Teddy, ich finde Teddy, ich öffne die Tür. »Papa!! Ich MUSS mal!!« Schon klar, kein Problem.

Eine halbe Stunde später sitzen wir im Auto und tuckern in die nächste Kleinstadt. Ich darf beiläufig erwähnen, dass Hinfahrt, Auswahl, Kauf und Rückfahrt weniger Zeit in Anspruch genommen haben als die vorbereitenden Maßnahmen samt Teddysucherei. Noch beiläufiger darf ich erwähnen, dass ein alltagstauglicher Drucker weniger Geld kostet als das Paar Kinderschuhe der Größe 31, das wir bei der Gelegenheit gleich nebenan auch noch gekauft haben.

Nun steht er da, der Drucker. Nach einer meist etwas einseitig geführten Diskussion mit diversen Bedienungsanleitungen und Kabeln und Programmhilfen kann tatsächlich eine tadellose Testseite ausgedruckt werden. Und danach ein tadelloses Kindergeldantragsformular. Ich greife also zum Kugelschreiber. »Papa, was machst du da??« »Ich fülle ein Formular aus.« »Ich will auch ein Formular ausfüllen!!«

Ja, so fängt es an. Ich lege den Kugelschreiber beiseite, öffne erneut das weltweite Web und gebe als Stichwort Malvorlagen ein, das Kind wählt diverse Vorlagen. Ich drucke sie aus, tadellos. Ich greife wieder zum Kugelschreiber, um mein Kindergeldantragsformular auszufüllen, das Kind setzt sich mir gegenüber, steckt die Zunge zwischen die Zähne und greift zu seinen Buntstiften.

Ich betrachte das Kind und komme ins Grübeln. Was macht

es da eigentlich? Es füllt ein Formular aus. Einfach so!? Ich fülle mein Formular aus, weil es notwendig ist, um sinnlichen Kontakt zum Kindergeld zu bekommen. Das Kind füllt sein Formular ohne Grund aus. Einfach nur, weil das Formular ein Formular ist. Weil das Formular IST. Weil das Formular dem Kind sagt: Füll mich aus!

Macht dem Kind das Spaß? Offenbar ja. Finde ich es bedenklich, dass es dem Kind Spaß macht, wenn ein Blatt Papier sagt: Mal hier dieses und dort jenes? Offenbar ja. Ist der Mensch also bereitwillig Knecht der Formulare? Muss ein Kind Diener von Formularen sein? Immerhin ist die Lokomotive, die das Kind ausgemalt hat, rosa. Das tröstet.

Ein Leben nach Formularen, nach Vorlagen, nach Vorgaben, sind das die ersten Schritte zu einem mündigen Bürger? Eher zu einem folgsamen Bürger, zum Bürger eines Obrigkeitsstaates. Will ich das?

Nein, das will ich nicht. »Papa, ich bin fertig!! Kannst du mir noch mehr Vorlagen ausdrucken??« »Nein, kann ich nicht.« Ich reiche dem Kind Papier. Viele Blätter, völlig leer, ganz weiß.

Das Kind steckt die Zunge zwischen die Zähne und greift zu seinen Buntstiften.

Rosa, hoch hinaus

Mehr Farbe und größer als Papa

Kleine Kinder, große Wünsche – was ist wichtig im Leben einer Fünfjährigen? Zunächst alles, was rosa ist. Egal was, Hauptsache rosa. Wären Nacktschnecken rosa, würde das Kinderzimmer von ihnen wimmeln. Dabei haben wir uns so sehr bemüht, das Kind farbneutral zu erziehen. 98 Prozent unserer Mitmenschen sind nicht farbneutral erzogen worden: Wo immer wir damals mit brabbelndem Kleinstkind auftauchten, bekleidet mit blauem Strampler oder grüner Hose: »Ach, wie niedlich – wie heißt er denn, der Kleine?!«

Als »der Kleine« anfing, seine Sätze nicht mehr mit »Babapfrrrllpf ...« zu beginnen sondern mit »Ich will ...«, begann der Siegeszug der Farbe Rosa in unserem Haus. Zu allem, was rosa ist, kommt alles hinzu, was süß schmeckt. Okaaay, dieses Begehren kann ich nachvollziehen. Es wäre besser, könnte ich es weniger gut nachvollziehen – bundweitentechnisch betrachtet.

Neben rosa und süß gibt es eine weitere Sehnsucht: hoch. Hoch? Hoch! Und was ist das Höchste? Ein Hochbett! Schon vor rund zwei Jahren lag uns das Kind adventlich in den Ohren: »Ich wünsche mir ein Hochbett!!« Manches dauert etwas länger, aber nichts wird vergessen. GAR nichts. Nun hat's dank Internet und dank Opa endlich sein Hochbett – und ist kaum wieder herunterzulocken. Höchstens mit etwas Süßem.

Die meisten Freundinnen des Kindes haben ein Hochbett oder weinen täglich aufs neue salzige Tränen, weil sie keines haben. Woher kommt diese Lust an der Höhe? Von mir hat das Kind sie sicher nicht, mir wird schwindelig, wenn ich im ersten Stock aus dem Fenster schaue.

Lässt man seinen Kindern eine gewisse Aufmerksamkeit zuteil werden – also ein bisschen mehr als satt und sauber –, stellt man schnell fest, dass sie fortwährend hoch hinaus wollen. Steckt offenbar so drin in ihnen. Der Ganzlütte hebt den dicken Schädel vom Deckchen, die Augen treten hervor, er sabbert vor Anstrengung – aber er tut's. Wenn er eines Tages sitzen kann, wird er stehen wollen. Wenn er stehen kann, wird er auf die Sofalehne wollen und von dort aufs Bücherregal und immer höher. Und von einem Hochbett träumen.

Aber warum? Was stört das Kind? Ich habe mit der Digitalkamera die Welt und mich selbst aus der Höhe von einem Meter über Normalnull fotografiert. Danach habe ich die Bilder auf meinen Computer übertragen und mir in Ruhe angesehen. Nach zwei Bildern war mir klar, dass ich an meiner Kinnpartie arbeiten muss. Nach drei weiteren Bildern war mir klar, warum Kinder hoch hinaus wollen.

Da unten gibt's keinen Überblick. Aus seiner Höhe von einem Meter sieht das Kind vor sich nur Beine und Hinterteile. Hebt es den Kopf, betrachtet es vor allem Kinnpartien. Außerdem ist unten die Luft schlechter, weil dort der Hund wohnt. Verständlich also, dass Kinder hoch hinaus wollen.

Aber warum dann noch höher? Ganz klar: um größer zu sein als Papa! Aber warum, um alles in der Welt, muss auch das Bett hoch sein? Auch klar: um morgens nicht mehr aufstehen müssen! Denn oben und ganz hinten auf dem Hochbett, da reicht Papa nicht mehr hin. Und kann sein Kind morgens nicht mehr erbarmungslos ans Tageslicht und in die lästige Welt der täglichen Pflichten zerren …

Von mir hat sie das nicht

Ganz die Tochter

»Ganz der Vater!«, hört man gelegentlich, wenn man stolz seine Neuerwerbung herumzeigt. Das erfreut einen doch sehr. Zwei Wochen später klingt das schon ganz anders: »Von dir hat sie so gar nix!« Als Mann ist man da immer etwas, nun ja, zweifelnd. Allgemein betrachtet, nicht konkret. Nicht, dass Sie denken, was Sie jetzt gerade denken.

Später verwächst sich das, sowohl beim Vater als auch beim Kind, und gipfelt schließlich in der Erkenntnis: »Von mir hat sie das aber nicht!«

Die Frage, ob mein Kind als Säugling in der Entbindungsklinik vertauscht worden ist, stellt sich mir aber nicht. Denn ich habe den einhundertprozentigen Beweis gefunden, dass mein Kind mein Kind ist.

Wir sind unterwegs gewesen, nur ein paar Tage und gar nicht weit. Neben einer eher bescheidenen Reisetasche habe ich lediglich den schwarzen Rucksack für Kleinkram dabei. Wieder daheim beginne ich am Abend – alle Kinder 3s (satt, sauber, schlafend) –, erst die Reisetasche und dann den Rucksack für Kleinkram auszupacken: Ich kippe seinen Inhalt auf meinen Schreibtisch.

Zwei Taschenbücher, ein zerfleddertes Notizbuch samt Kugelschreiber (voll funktionsfähig!), ein kleiner schwarzer Schirm mit Etui. 14 lose abgebrannte Streichhölzer, 13 lose frische Streichhölzer, ein Erfrischungstüchlein. Das legendäre Um-die-Ecke-Stöckchen (wieso ist das im Rucksack, es liegt doch seit Jahr und Tag auf dem Schreibtisch?!). Sechs Mädchenhaargummis. Drei winzig kleine Papierschiffchen – das Kind kann mittlerweile Dampfer mit zwei Schornsteinen aus einem Blatt Papier falten! Ich nicht! Drei Werbeaufkleber mit Abbildungen von Modell-Dampfmaschinen. Fünf Hundekackenotbeutelchen, vier Babykackenotbeutelchen, eine halb volle Packung Baby-Po-Feuchttücher, drei frische Windeln, eine Stilleinlage. Eine Injektionsspritze (intramuskulär, abgelaufen), zwei Packungen Taschentücher. Zwei Packungen mit jeweils sechs kleinen Hörgerätebatterien, drei einzelne Hörgerätebatterien in einer von mir nicht verwendeten Größe. Drei Plastikgabeln (gering klebrig), zwei Plastiklöffel, drei Plastikstäbchen zum Umrühren von Kaffee (wie neu!). Ein dickes und ein dünnes Gummiband, zwei Luftballons (einer rot, einer perlgenoppt). Ein Schraubenschlüssel (13er), ein winzig kleiner roter Schraubenzieher, eine Diskette (sic!).

Und wie das alles so ausgebreitet vor mir auf dem Tisch liegt, fällt mir ein, was ich über das Kleinkindgerümpel auf unseren Fensterbänken und allen anderen horizontalen Flächen gedacht und geschrieben habe. Ich spüre, wie ich innerlich erröte: deine Fensterbänke, mein Rucksack. Alles nur Gerümpel …

Doch ich denke den Gedanken noch weiter und beginne zu strahlen. Ist eben wirklich mein Kind: ganz der Vater!

Sturmfreie Bude

Fortbildung und himmlische Genüsse

Die Pastorin hat uns verlassen! Und das Baby hat sie mitgenommen! Fortbildung nennt sie es. Sturmfreie Bude nenne ich es, die Luft ist rein, das Kind und ich können jetzt so richtig die Sau rauslassen. Jetzt geschehen die Dinge, von denen manche im Dorf schon immer gewusst haben, dass sie geschehen: Mann und Kind allein im Haus, das geht ja überhaupt gar nicht!

Die Pastorin hat sich ausführlich vom Kind verabschiedet und das Baby geschultert, sie hat mich gestreichelt und den Hund geküsst, sich kurz besonnen, den Hund gestreichelt und mich geküsst. Kurz hört man noch das Auto, weg ist sie. Fünf Tage, das ist mehr als eine halbe Ewigkeit. In sieben Tagen wurde einst Großes erschaffen.

Ich bringe das Kind wohlfrisiert (höhö!) und mit sauberer (höhö!) Kleidung ausgestattet zum Kindergartenbus. Daheim lege ich umgehend das alberne Papa-Getue ab, werde zum Mann, gehe in die Küche, öffne den Kühlschrank und hole eine Flasche Guten-Morgen-Bier heraus. Lümmel mich aufs Sofa mit einer Fachzeitschrift (höhö!), öffne das Bier, nehme drei große Schlucke. Ich preise den Herrn.

Mit weiteren Bieren und Lektüren geht der Vormittag herum, gegen Mittag verwandle ich mich wieder vom Mann zum Papa. Ich hole das Kind vom Bus ab, fröhlich plaudernd tippeln wir nach Hause. Wir decken gemeinsam den Tisch, ich greife zum Schrotbrot, nein, wir sind ja unter uns. Ich hole eine Packung Toastbrot aus dem Küchenschrank und das Nutellaglas.

Dann ist Mittagspause, ich lege mich zur Entspannung aufs Sofa. Das Kind verwüstet voller Hingabe sein Zimmer. Nachmittags toben wir durch alle Räume, ärgern den Hund, essen Schokolade, bis uns schlecht wird, wir rücken Möbel und basteln etwas Schönes aus Meerschweinchen und anderen Materialien, mit viel Kleister und Glitzer.

Abends wird bei uns warm gegessen, natürlich auch, wenn die Mutter nicht da ist. Ich heize den Ofen vor und hole zwei Tiefkühlpizzen aus dem Eisfach. Ja, ich habe vorgesorgt: jeden Abend eine andere Sorte. Außer Donnerstag, da gehen wir essen. Beim Italiener.

So gehen die vier Tage ins Land, und jeder Tag ist rund und schön und frei von Pflichten. Es sind Tage, geschaffen vom Herrn. Der Mann versteht sein Geschäft! Aber schließlich naht der Freitag. Was war noch mal am Freitag? Die Pastorin kommt von ihrer Fortbildung zurück. Vorfreude.

Vor der Freude aber ist der Kummer: Wir müssen aufräumen. Alles liegt voll Müll, schmutziges Geschirr steht stapelhoch in allen Räumen, der Hund ist zottelig, der Meerschweinchenstall stinkt wie das Schlafzimmer, die Treppe ist klebrig vom Kleister, überall liegen Kunstwerke herum und leere Bierflaschen. So geht das nicht! »Wie macht Mama das, wenn sie aufräumt?« »Zuerst schmeißt sie alles Wertvolle weg!!«

Nach mehreren Stunden haben wir alles Wertvolle weggeschmissen. Drei weniger wertvolle Dinge müssen wir später wieder dem Müll entreißen, darunter ein Meerschweinchen. Wir hatten es für eine verknäuelte, kaputte Kinderstrumpfhose gehalten.

Da rollt das rote Auto auf den Hof. In der Diele riecht es nach Kleister. In letzter Sekunde entdecke ich noch eine leere Bierflasche unter dem Sofa.

Ich kann alles

Inline, Slalom, Hinfallen, Aufstehen

Es gibt ein nettes Buch von Astrid Lindgren: »Lotta kann fast alles.« Aber mit ihren kurzen Kinderski Slalom fahren im Schnee, das kann sie nicht. Sonst kann Lotta alles. Warum? Weil sie sich alles zutraut! Wenn wir Erwachsenen aus dem kleinkindlichen »kann ich auch!« lautstarke Angeberei heraushören, meinen Kinder eigentlich nur: »Trau' ich mir zu! Mach' ich auch! Lern' ich jetzt!« Das ist ein schöner Zug. Wir Erwachsenen sollten uns auch mehr zutrauen, die Welt wimmelt von ungelösten Aufgaben und Herausforderungen.

Aber jenseits aller Theorie: Manchmal ist es eben DOCH Angeberei und auch genauso gemeint. Seit meine große Lütte das Buch kennt, bekommen wir es regelmäßig gesagt: »Ich kann alles!!« Wenn es zu oft und siegesgewiss tönt, murmele ich »außer Slalom« vor mich hin, und schon ist alles geklärt. Fast alles.

Denn jetzt will das Kind unbedingt Slalom fahren, weil es erst dann wirklich ALLES kann. Bekanntlich liegt in Norddeutschland selten so viel Schnee, dass es sich lohnt, die Skier auszupacken, aber es gibt eine Alternative. Sie stand auf dem Wunschzettel sogar VOR dem Prinzessinnenschloss in Knallrosa, und das will etwas heißen bei einem kleinen Mädchen: Inliner.

Ältere kennen das Fortbewegungsmittel als Rollschuhe. Rollschuhe gibt es seit etwa 1760 – mit Rollen hintereinander. Das waren also keine Rollschuhe, sondern Inliner. Um 1850 wurden die Rollerskates entwickelt, die Rollschuhe mit Rollen auch nebeneinander. Um 1990 waren Eishockeyspieler auf der Suche nach einem sommerlichen Trainingsgerät, aus dieser Intention heraus wurden die Inliner neu entwickelt. Heutzutage brauchen norddeutsche Fünfjährige sie, um Slalom fahren zu können.

Nun lagen diese Inliner also unter dem Weihnachtsbaum, wurden umgehend angeschnallt samt Knieschonern und Handschonern und allen Accessoires. Wir haben den Rest des Heiligen Abends ohne Blessuren überstanden, aber es war knapp. Selbstverständlich standen die Inliner in der Weihnachtsnacht auch vor dem Kinderbett. »Papa, kommst du nachher noch mal an mein Bett??« »Aber ja, mein Schatz, das tu ich jeden Abend!!« »Guckst du auch, ob meine Inliner noch da sind??«

Natürlich mussten die Geräte mit auf die Weihnachtsreise zu den Großeltern, wurden dort der weiteren Familie vorgeführt und auf der kleinen Straße und am Deich Probe gefahren. Mit Grauen dachten die Eltern, dass wir unser Kind wochenlang links und rechts am Arm halten müssten, bis es halbwegs umfallfrei auf den Dingern stehen kann.

Faktisch lief es so ab: einmal draufstellen, einmal hinfallen, ein wenig festhalten, einmal die kleine Straße halb hin und halb zurück. Stolz auf die ersten Meter ohne Hilfe, »du musst mich loslassen!!«. Noch einmal hinfallen. »Ihr sollt jetzt nicht reden, ich muss mich konzentrieren!!« Zehn Sekunden später, stolz über die zurückgelegten drei Meter, »Ihr sagt die ganze Zeit nicht einmal ›super!!‹«

Doch, mein Schatz, das sagen wir. Das Kind fällt noch einmal, stützt sich aber im Fallen korrekt ab. Steht wieder auf, rollt weiter. Rollt alleine. Noch nicht elegant, aber irgendwie auch doch. Kinder können alles.

Memory ist ein schönes Spiel

Wer darf gewinnen?

Heute ist etwas Schreckliches passiert: Das Kind hat seine Beutelkunst im Kindergarten vergessen! Die tägliche Beutelkunst ist ein ziemlich großer Plastikbeutel, 35 Liter, mit den im Kindergarten angefertigten Kunstwerken. Das Kind erschafft selten Miniaturen, unter DIN A3 läuft gar nichts. Zuhause werden die Kunstwerke umgehend abgelegt, in allen Räumen verteilt, irgendwo hingestopft. Auf den leeren Plastikbeutel freue ich mich jedes Mal. Weil das Kind so produktiv ist, muss ich seit zwei Jahren keine Müllbeutel mehr kaufen. Kaum ein Kind macht mit seiner Kunst seinen Vater so glücklich.

Aber ich werde mich hüten, für Kinderkunstwerke zwölf Kilometer Auto zu fahren. Ein Kind muss lernen, Dinge zu verlieren und mit Verlust umzugehen. Es muss auch lernen, beim Spielen zu verlieren. Geht alles GAR nicht, wenn auch aus sehr unterschiedlichen Gründen.

Am Wochenende ist das Kind krank, nichts Ernsthaftes, ein Magen-Darm-Infekt. Am nächsten Tag geht's schon besser: Das Kind auf dem Sofa, halb liegend, halb sitzend, leicht fiebriger Blick. »Ich will jetzt Memory spielen!!« Die Vorstellung, im kranken Zustand irgendetwas spielen zu müssen, lässt mich schaudern. Von Memory ganz zu schweigen.

Dabei ist Memory ein schönes Spiel. Besonders, wenn man es am Computer mit sich selbst spielt: kein Sieger, kein Verlierer, und es gibt nichts, was es nicht gibt: Herrenmemorys mit nur geringfügig bekleideten Damen, Mädchenmemorys mit im Mondlicht silbrig schimmernden Einhörnern.

»Ich will jetzt Memory spielen!!« Was tut ein liebender Papa nicht für sein krankes Kind. Aber ich habe kein gutes Gefühl.

Immerhin hat sich das Kind vor wenigen Stunden noch ausgekotzt und kann kaum sitzen. Ich unterbreite den Vorschlag, doch lieber gemeinsam etwas zu malen … etwas ohne Sieger und Verlierer … um den Genesungsprozess nicht zu stören …

»Ich fang an!!« Schon klar, mein Schatz, wann hast du jemals nicht angefangen? Das Kind beginnt also, kein Paar. Dann ich, gleich ein Zufallstreffer. Ich darf noch mal. Bald geht es zügig hin und zügig her, bald sieht es sehr gut aus für mich. Nach wenigen Minuten habe ich zwölf Paare, das Kind hat zwei.

Professionelle Eltern wissen, was jetzt kommt: Das Kind schluckt, wischt sich die Tränen aus den Augen, macht ernst. Und gewinnt. Natürlich gewinnt es. Kinder gewinnen beim Memory immer.

Die nächste Runde gewinnt das Kind noch deutlicher. Die Stimme ist schon fester, der Blick weniger fiebrig. »Papa hat verloooren!! Papa hat verloooren!!« Ich stelle mir vor, dass ich – würde ich auch einmal gewinnen – ähnlich sänge. Oh, der Tränen Fluss fände kein Ende!

Wir machen eine Pause. »Du kannst nie gewinnen!!« Das hätte nicht gesagt werden dürfen, mein Ehrgeiz ist geweckt! Ich achte auf meinen Atem, versuche meine Mitte zu finden, mich zu konzentrieren. Wir spielen. Ich verliere. Ich atme, ich finde meine Mitte. Wir spielen weiter. Ich verliere weiter.

»Ich mach hier den Abräumer!!«, tönt es vom Sofa. Am Ende des Nachmittags, als ich erschöpft eher liege als sitze, hat das Kind von zehn Runden sieben gewonnen, dreimal gab es ein Unentschieden. »Du kannst nie gewinnen!!« Der Genesungsprozess ist fast abgeschlossen. Irgendwie habe ich ein komisches Gefühl im Bauch.

Sechsjährigkeit

Die Hölle, hier im Pastorat

Nicht nur im Kinderspiel »Himmel und Hölle« liegen beide dicht beieinander. Der Satz »Es war die Hölle!« nehmen wir gerne in den Mund, gedankenlos, meist erschöpft. So wie wir neulich: Es war die Hölle! Es war Kindergeburtstag!

Ein Sixpack kleiner Mädchen im Alter zwischen »Ich bin gerade fünf geworden!« bis »Ich bin schon groß, ich bin fast sieben!« – das eigene Kind in der Mitte: sechs. Magische Zahl, magisches Alter. Ein neuer Lebensabschnitt. Das Alter, in dem ein Kind einen Schulranzen bekommt (mit im Mondlicht silbrig schimmernden Einhörnern) und eine Federtasche (mit zuckerrosafarbener Prinzessin) und eine Fahrkarte für den Schulbus (ohne Einhorn). Das Fest sollte groß werden, galt es doch, die magische Zahl zu feiern. Sechs Kinder und also fünf Gäste.

Nach der Begrüßungsrunde mit klassischem Liedgut und Geschenken zieht der ganze Haufen um, das Geschrei ist groß, vor lauter Begeisterung und lauter Sechsjährigkeit. Kuchen, Feingebäck und Apfelsaft stehen in der Küche auf dem Tisch bereit, sind aber bald auch unter dem Tisch erhältlich. Der Hund bedankt sich.

Zum Singen und Tanzen ziehen wir weiter ins Wohnzimmer. Das Geschrei ist groß. Cynthia versucht ins Puppenhaus zu klettern, ich halte sie sanft ab. Als Carolin und Karlotta in einer Ecke den Meerschweinchenkäfig entdecken, muss ich erneut eingreifen, bevor es Verletzte gibt. Und bleiben Sie skeptisch, wenn Ihr Zoohändler versichert, Meerschweinchen würden nicht beißen. Beim Topfschlagen kann man ordentlich zuhauen, vielleicht trifft man ja einen fremden Zeh. Das Geschrei ist groß.

Mittendrin das Baby mit großen Augen in seinem Laufstall.

Sobald es »Dada!!« ruft, rennt Dodo hin und beugt sich hinein, fällt hinein. Als Sabrina am Bücherregal rüttelt, um seine Standfestigkeit zu prüfen, lenken wir die Horde schnell mit einem Spiel ab. Als die sechs dann durch die Diele toben, um den Schatz zu finden, schreckt der Hund hoch, der wohlig auf der müffigen Matte die Kuchenreste verdaut. Carolin versucht, sich neben den Hund auf die Matte zu kuscheln.

Schließlich kippen wir zweieinhalb Kilo bunte Perlen auf den Wohnzimmerfußboden und basteln Armbänder. Selbstverständlich gibt es Geschrei, weil Cynthia oder Karlotta sich die 20 schönsten Perlen heraussuchen, während Carolin und Dodo praktisch leer ausgehen.

Vier Stunden nach Ende der Veranstaltung haben wir das Gröbste entsorgt und sinken erschöpft aufs Sofa. Es war die Hölle. Die Hölle, das sind die Anderen, sagt Sartre. Hauptsache, das Kind ist glücklich.

Genau genommen war das auch nur die Vorhölle. Die wahre Hölle ist Fasching, keine 24 Stunden später in der Halle des dörflichen Turnvereins. Doch das ist eine andere Geschichte …

Brüste wie eine Frau

Der Blick von unten auf den Gekreuzigten

Als Vater bin ich mit allen gottesdienstlichen Wassern gewaschen – dachte ich bis vor Kurzem jedenfalls. Doch kaum hat ein Vater sich in der gerade akuten kindlichen Entwicklungsphase eingerichtet, beginnt bereits die nächste. Die Große ist aus dem Pixi-Alter raus, kann aber selbst noch nicht lesen. Also langweilt sie sich, da sie den Ausführungen des Liturgs nicht immer folgen kann. Zum Büchervorlesen während des Gottesdienstes bin ich jedoch nicht bereit, da ich sonst den Ausführungen des Liturgs nicht immer folgen kann.

Wenn man sich im Gottesdienst langweilt, beginnt man, sich umzuschauen, Leute zu betrachten oder die sakrale Kunst. Machen Sie ja auch so, oder? Allerdings sitzt die Sechsjährige an diesem Sonntag fast ganz vorne, und ziemlich schräg über ihr hängt die lebensgroße Figur des Gekreuzigten über dem Durchgang zum Chorraum. »Papa??« »Mmmh.« »Papa, ist das nur eine Figur oder war das mal ein echter Mensch??« Günstige Gelegenheit, kurz den Begriff der Plastination zu erläutern!

Einige Betrachtungen später: »Papa, die Figur hat Brüste wie eine Frau!!« Ich blicke interessiert hoch – und muss zugeben, aus unserer Perspektive, von schräg unten eben, sieht es tatsächlich ein wenig so aus. »Warum hat der Mann, der die Figur gemacht hat, da Blut dran gemalt??« Na ja, und so weiter. Ich kann den Ausführungen des Liturgs nicht immer folgen.

Und dann ist da auch noch der Ganzlütte, den es gilt, in Schach zu halten. Der ist aus dem Alter, da er friedlich im Kinderwagen dösend den Vormittag verdümpelte, schon wieder raus und im Pixi-Alter noch nicht drin. Dafür ist er im Runterschmeiß-Alter: seine Mütze, meine Mütze, das Gesangbuch, des

Kindes Teddy, den eigenen Teddy, jedes hingehaltene Spielzeug und meine Brille am liebsten. Was so greifbar ist. Letztlich ist für einen Ganzlütten sehr vieles greifbar und alles runterschmeißbar.

Wenn von der einen Seite gerade keine Fragen kommen und auf der anderen Seite schon alles runtergeschmissen ist, beobachte ich andere Eltern, falls ich den Ausführungen des Liturgs gerade nicht folgen kann. Wie ungezwungen manche im Umgang mit ihren Kindern doch sind – um es moderat zu formulieren. Es stört die anderen Gottesdienstbesucher auch überhaupt gar nicht, wenn sich Kinder den halben Gottesdienst auf dem Boden wälzen, alle Blicke auf sich ziehen und zwischendurch zielstrebig Richtung Altar krabbeln. Jetzt müsste einer der Elternteile langsam mal aufstehen, bevor … zur Erbauung der Restgemeinde krabbelt der liebe Kleine weiter, erklimmt die recht hohen Altarstufen und zieht sich gar nicht unelegant am Antependium hoch, während ihm von oben, eher unelegant, der gut gefüllte Abendmahlskelch entgegenkommt.

Doch zum Glück aller Beteiligten und Unbeteiligten gibt es für solche Fälle den Familiengottesdienst.

Zwischendurch an Gott denken

Familiengottesdienst

Nirgendwo werden Familie und Gemeinschaft so wörtlich genommen und buchstäblich sichtbar wie im Familiengottesdienst. Die Kleinen sitzen auf bunten Kissen im Kreis vor dem Altar und die Großen drumherum auf Stühlen, und wenn der Ganzlütte kräftig kräht, ist das fröhlich egal.

Der Familiengottesdienst ist nicht nur ein Gottesdienst für Familien, sondern ein Gottesdienst, in dem alle eine Familie sind. Und es sind nicht immer nur Mamas und Papas und kleine Kinder dabei, manchmal kommen mehr ältere Menschen als jüngere. Und wenn am Ende der goldene Reifen herumgeht und über jeden gehoben wird, dass er hindurchsteige, machen auch die ganz Alten mit und singen »Ich hüll' dich golden ein!« und man sieht: Es tut ihnen gut.

Mitunter wird es dramatisch: Wir sitzen zu Füßen des Altars, die Pastorin erzählt eine Geschichte, das Kind lauscht und spielt und dreht versonnen an seiner Puppe Lara herum – bis es auf einmal in der einen Hand die Puppe hält und in der anderen Hand den abgedrehten Arm von Lara. Tränen treten dem Kind in die Augen – doch es hält durch. Kinder können enorm tapfer sein!

Kinder können auch enorm ernsthaft sein. Vor ein paar Wochen sitzen wir am sonntäglichen Frühstückstisch, denken an den bevorstehenden Kirchgang und an das nachmittägliche Kinderfaschingsfest in der Turnhalle. Allerdings ist das Kostüm des Kindes zu diesem Zeitpunkt nicht nur noch nicht fertig, sondern noch nicht einmal angefangen. Wir sind da nicht so, unser Ding sind Last-Minute-Kostüme. Letztes Jahr hat's ja auch geklappt. Das Kind vertritt die zweifelnde Position: »Ich möchte wissen, wie ihr die Schmetterlingsflügel macht!?« Gesteht die Mutter freimütig: »Das wissen wir auch noch nicht.« Und fügt schmunzelnd hinzu: »Ihr zwei könnt darüber ja schon mal im Gottesdienst nachdenken.« Empört sich das Kind: »Mama!! im Gottesdienst wird an Gott gedacht!!«

Kinder können auch enorm eifrig sein. Nach dem sonntäglichen Frühstück, eine Dreiviertelstunde vor dem Gottesdienst, stapft das Kind durch den Nieselregen die ganze Pastoratswarft hinunter und die ganze Kirchwarft wieder hinauf, um dem Küster den Liederzettel zu bringen, damit er die richtigen Nummern an die Tafel hängt. Dann stapft es die Kirchwarft wieder hinunter und die Pastoratswarft wieder hinauf. Um eine weitere halbe Stunde später die Pastoratswarft wieder hinunterzustapfen und die Kirchwarft wieder hinauf: Heute darf es die Glocken läuten!

Im Gottesdienst passiert das Übliche – zu den Konfirmanden rüberäugen, mit dem Kirchenbanktürchen klappern, Teddy fallen lassen, Teddy trösten, die Frau vom Küster beplaudern und – hoffe ich – zwischendurch an Gott denken. Oder an Schmetterlingsflügel. Zum Ende des Gottesdienstes darf das Kind dem Küster bei der Kollekte helfen und geht mit dem Klingelbeutel gemessenen Schrittes die Reihen ab.

Am Nachmittag tippeln wir ein weiteres Mal los (es nieselt nicht mehr), ich mit dem Kind an der einen Hand und einem Korb mit Magneten und Zetteln und dem laminierten Gottesdienstplan und einem bunten Plakat an der anderen. Die Schaukästen werden neu gestaltet und bestückt, und das Kind hilft mir dabei.

Wie das Kind so tapfer und ernsthaft und eifrig ist, denke ich zwischendurch. Erneut wird mir bewusst, dass der Beruf der Pastorin nicht allein der Beruf der Pastorin ist. Gar nicht selten ist er eine Art Familienunternehmen. Das Kind mit seinen sechs Jahren macht alles wie selbstverständlich mit: zuverlässig und ohne Murren.

Als ob das selbstverständlich wäre!

Schwimmkurs

Bei Meter 26 bin ich zur Stelle

Den Seinen gibt's der Herr im Schlaf, wasserscheu war das Kind noch nie. Der Babyschwimmkurs vor fünf Jahren zeigte Wirkung: Eine Zeit lang mussten wir unser Kind bei Spaziergängen am Deich fast anleinen, weil es sonst schnurstracks ins Watt und in den nächsten Priel getappt wäre.

Babyschwimmkurs, okay. Im Sommer vor der großen Sandbank im flachsten Wasser sitzen und Schlammburgen bauen, okay. Aber richtig schwimmen können ist etwas anderes.

Also melde ich das Kind zum Schwimmkurs in der hiesigen Therme an. Es gibt Termine, da geht man dann hin, wenn's in den Kalender passt, bezahlt einen Obolus zum normalen Eintrittspreis, und irgendwann sagt der Meister: Jetzt! Dann absolviert das Kind das sogenannte Seepferdchenabzeichen: 25 Meter weit im tiefen Wasser schwimmen, ohne zu ertrinken. Einmal tauchen. Einmal vom Beckenrand hüpfen.

Erste Schwimmstunde, große Aufregung. Papa sitzt landseitig am Beckenrand, das Kind klammert sich seeseitig an denselben. Rundumher ein Haufen anderer Kinder in unterschiedlichen Stadien des Nichtertrinkens. Wie soll das Kind hier schwimmen lernen? Jetzt klammert sich das Kind an den Meister und versucht dabei, lässig zu gucken. Misslingt völlig. Es bekommt Wasser ins Gesicht. Wasser im Gesicht ist etwas Schreckliches.

In der zweiten Schwimmstunde ist das Kind lockerer, hält sich nur noch mit einer Hand am Beckenrand fest, springt am Ende der Stunde tatsächlich und bekommt sogar Wasser ins Gesicht!

In der dritten Schwimmstunde ist das Kind gewohnt selbstherrlich: »Wahrscheinlich bekomme ich das Seepferdchenabzeichen morgen!!« Schwimmen kann es nicht, der Meister zieht es durchs Wasser. Immerhin weisen die Beinbewegungen eine entfernte Ähnlichkeit mit Schwimmbewegungen auf.

Die nächsten Male bringe ich das Kind nur noch bis zur Kasse, entrichte den Obolus und gehe einkaufen. Danach hole ich das Kind in der Halle ab, schaue bei den letzten Übungen zu und trockne dem Kind die Ohren: »Wie war's?« »Gut.« Ich spreche mit dem Meister: »Wie war's?« »Gut.« Bemerkenswert. Ich sah ein fast ertrinkendes Kind.

Beim siebten Mal ist es so weit! 25 Meter im tiefen Wasser schwimmen – ohne Ertrinken. Einmal tauchen. Einmal vom Beckenrand hüpfen. Zu dritt, kreischend, mit ordentlich Wasser im Gesicht. Urkunde, Abzeichen, Händedruck, großer Stolz. Am Abend wird das Abzeichen auf den Badeanzug genäht.

Am nächsten Tag muss das Kind unbedingt noch einmal in die Therme, damit ALLE das Abzeichen sehen. An diesem Tag regnet es aus Kübeln, also sind alle Touristen in der Therme, die sonst an den Strand und ins Meer gehören: Die Kassenschlange reicht bis auf die Straße. Doch das Kind ist nicht abzubringen.

Ein letztes Mal ärgere ich mich an der Kasse, dass ich »Kurtaxe« berappen muss. Sehe ich aus wie ein Tourist? Bin ich zur Kur hier? Ich wohne im Nachbardorf!

Aber Kuren sollen ja entspannend sein: mit einem Kind, das zu einer gewissen Selbstüberschätzung neigt, und dem Ganzlütten, der alles will und kann und zwar sofort und sehr gerne mit und im und auch ins Wasser.

Wir drei haben auch diesen Nachmittag überstanden. Und mein Kind kann schwimmen! 25 Meter weit! Bei Meter 26 bin ich jetzt immer zur Stelle und rette es.

Macht hoch den Turm

Lego ergo sum

Die erste Kerze am Adventskranz brennt, gedämpft ertönt passende Musik aus den Lautsprechern, meine Frau singt halblaut vor uns hin, draußen heult der Wind an der Hausecke.

Der Ganzlütte baut einen Turm nach Art der Anderthalbjährigen. Er fügt zwei Legosteine zusammen: mit der Zunge zwischen den Zähnen und einem Zeitaufwand von vier Minuten. Es gelingt, ein Baumeister ist geboren! Er ist glücklich, strahlt, präsentiert sein Werk. Und erhöht vor lauter Begeisterung den Schwierigkeitsgrad ins noch nie Gewagte: mit einem dritten Legostein.

Eltern neigen dazu, ihre Kinder zu beobachten und sie in ihrem Tun und Lassen tun zu lassen, auf dass sie lernen, mit der Welt klarzukommen. Eltern sollten eingreifen, bevor es Verletzte gibt, aber eigentlich auch erst dann.

Kinder wiederum neigen gelegentlich dazu, GAR nicht beobachten zu können, sondern eingreifen zu MÜSSEN. Weil es nicht schnell genug geht, weil zwei Legosteine langweilig sind, wenn man hundert hat, weil der Turm sonst nie wirklich hoch wird. Und weil so ein Ganzlütter sowieso nicht exakt arbeiten kann, ganz im Gegensatz zu einer Fastsiebenjährigen.

Kommt also das Kind des Wegs, sieht den »Turm«, möchte dem Ganzlütten helfen. »Helfen« heißt bei einer Fastsiebenjährigen: es dem kleinen Geschwist aus der Hand reißen und selbst machen.

Jetzt baut das Kind also einen Turm nach Art der Fastsiebenjährigen: Legostein auf Legostein, schnell ist der Turm über einen Meter hoch. Aber es gelingt nicht! Denn der Turm ist wacklig, eine unachtsame Bewegung lässt die Steine mit Kra-

wumm in die Tiefe stürzen. Macht nix. Das Kind beginnt von Neuem, der Ganzlütte staunt, die Musik ist adventlich, draußen heult der Wind.

Die Frau greift zur Gitarre, schon erreicht der Turm schwindelnde Höhen, Kerzen knistern, krawumm. Das Kind schluckt sicht- und hörbar.

Wir singen, das Kind baut, der Ganzlütte staunt. »Das schreibe ich in mein Tagebuch!! Erster Advent, hohen Turm gebaut!!«, tönt das Kind. Krawumm! »WAS schreibst du in dein Tagebuch?«, wage ich zu fragen. Böse Blicke.

Mit grimmiger Entschlossenheit wird erneut Stein auf Stein gesetzt. »Macht hoch den Turm, die Tohor macht weit …« singen wir vernehmlich. Krawumm. Draußen heult der Wind, drinnen heult das Kind. Die Lage droht außer Kontrolle zu geraten, erste Legosteine fliegen an die Wand. Da wir eingreifen müssen, bevor es Verletzte gibt, legen wir Gitarre und Gesang beiseite und schlagen vor, doch lieber keinen Turm zu bauen. »Ich WILL aber!! Wollt ihr, dass ich GAR NICHTS baue!?« »Bau doch eine, äh, eine Badewanne! Ja, mit Entspannungsbad!« Erstaunter Blick durch den Schleier der Tränen. »Man kann doch keine Badewanne aus Legosteinen bauen!!«

Da ist das Kind natürlich an die falschen Eltern geraten! Wir hocken uns hin und beginnen das Werk. Irgendwann ist die Badewanne fertig, samt Duschkopf und Wasserhähnen und Entspannungsbad. Aus Lego.

Der Wind heult, die Kinder strahlen. Mal sehen, was wir nächsten Sonntag bauen, wenn der Advent wieder eskaliert.

Der Wecker

Ohne Zeiger hätte es geklappt

Vor Jahr und Tag hat das Kind von einer seiner Omas eine Spieluhr mit Zeigern aus Holz geschenkt bekommen – zum Lernen. Und als Clou ein Uhrwerk dazu: als Bausatz. Neulich habe ich das Beutelchen mit den Kleinteilen wiedergefunden und es geschafft, sie in der richtigen Reihenfolge zusammenzubasteln. Jetzt hängt im Kinderzimmer eine etwas abgeschabte Holzuhr, die die echte Uhrzeit zeigt.

Doch um die Uhrzeit zu erfahren, reicht es nicht, auf die Uhr gucken. Man muss die Uhr auch lesen, begreifen, ihre Botschaft interpretieren können. Wenn drei Leute an ein und demselben Morgen mit dem Interpretieren von Botschaften Probleme haben, ist das ein seltener Fall kollektiver Blödheit, der hier zur Strafe entsprechend gewürdigt werden soll.

Es ist kurz vor Weihnachten. Große Aufregung wegen der kommenden Ferien und wegen Weihnachten und der Geschenke, aber auch normal große Aufregung wie jeden Morgen, wenn es gilt, zwei Kinder halbwegs sauber und gekämmt, warm bekleidet sowie fürs Erste gesättigt und mit ausreichenden Mengen an Brot und Obst ins Auto zu verfrachten: Das große Kind geht mittlerweile in die Schule und das kleine sowieso in den Kindergarten und beides leider nicht im Dorf vorhanden.

Natürlich dauert alles wieder viel zu lange, das Kind trödelt herum, dass es nur so eine Freude ist, und der Ganzlütte sucht nach jedem einzelnen Bekleidungsstück das Weite: linken Schuh anziehen, »Und looos!!«, einfangen, rechten Schuh anziehen, »Und looos!!«, einfangen, Mütze aufsetzen, »Und looos!!«, und so weiter. Zwischendurch blicke ich leicht gehetzt auf die Küchenuhr, oha, der große Zeiger ist bald an der zwölf, wir müssen wirklich los, heute ist Freitag, freitags nehmen wir Mio mit zur Schule.

Endlich sind wir alle ins Auto geschnallt und fahren los. Seltsam, denke ich, wenig Verkehr heute, das bisschen Neuschnee in der Nacht. Doch da biegen wir schon von der Landstraße auf den Hof von Mios Familie ein. Ich steige aus, gehe um die Hausecke Richtung Eingang. Seltsam, denke ich, wenig Licht hier heute, doch da bin bin ich schon vor der Haustür angelangt. Ich strecke die Hand nach der Klingel aus – da klingelt mein Handy. Wer um alles in der Welt ruft mich um diese Zeit an!? Auf dem Display steht »Zuhause«. »Es ist sieben Uhr!! Nicht acht!!«

Eine Sekunden später und ich hätte Mios Familie aus dem Schlummer gerissen! Mein Gott, wäre das peinlich geworden! Ich schleiche zum Auto zurück, überaus sanft starte ich den Motor und fahre meine verdutzten Kinder wieder nach Hause.

Der Wecker hatte versagt und eine Stunde zu früh gepiept. Und drei Leute, die zum Teil schon seit Jahrzehnten die Uhr lesen können, haben immer nur auf die großen Zeiger gesehen. Ab und zu ist es hilfreich, auch auf den kleinen zu achten. Wie ja überhaupt Aufmerksamkeit gegenüber den Kleinen hilfreich und gut ist.

Wir haben die geschenkte Stunde gut genutzt. Das Kind tobte durch den verschneiten Garten, der Ganzlütte hat schon mal eine Windel ordentlich vollgemacht und ich habe einen zweiten Becher Kaffee getrunken. Danach konnte sogar ich problemlos die Uhr interpretieren.

Pony Hütchen

Ein falscher Name mit Folgen

Manchmal wird man als Vater etwas irre zwischen der guten Erziehung des Kindes, der liebevollen Fürsorge gegenüber weiteren Mitgeschöpfen und der eigenen Genervtheit. Muss ich wirklich JEDEN Morgen und JEDEN Abend erwähnen, dass das Kind zwei Meerschweinchen haben wollte und diese nun auch gefüttert werden möchten? War es gestern und vorgestern und in den letzten Jahren nicht eigentlich immer so? Kann ein siebenjähriges Kind das nicht erinnern?

Offenbar nicht. Manchmal schaffe ich es unter Berücksichtigung diverser Grundregeln, dass das Kind morgens die Zähne putzt UND die Schuhe anzieht UND nicht vergisst, das Pausenbrot einzustecken, UND die Schweinchen füttert. Aber wenn ich den Morgen entspannt verbringen und mir nicht fortwährend den Mund fusselig reden will, beherzige ich seit Neuestem einen klassischen Ratschlag: »Füttern Sie die Meerschweinchen einfach selbst!«

Dabei ist die Fürsorge des Kindes nicht erloschen. Im Sachkundeunterricht sind gerade Haustiere dran, und so lautet folgerichtig die erste Frage nach der Schule: »Papa!! Wann wird Pony endlich kastriert?« Stimmt, die Kastration, die hatte ich vergessen.

Da waren Emil und Gustav, die beiden garantierten Männchen. Angeschafft nach langer Bettelei des Kindes, erwies sich die Namensgebung als fromme Lüge, Emil wurde dicker und dicker und gebar alsbald drei kleine Meerschweinchenbabys.

Leider paaren sich Meerschweinchen gerne und vermehren sich zahlreich und nehmen dabei wenig Rücksicht auf verwandtschaftliche Verflechtungen. Wenn man für den Rest seines

Lebens noch andere Ziele hat als unentwegt den Mist sich exponentiell vermehrender Meerschweinchen zu schaufeln, muss der Tierarzt grundsätzlich werden. Gustav wurde also kastriert. Nebenbei: Meerschweinchen kosten im Ankauf fünf Euro, eine fachmännische Kastration kostet 35 Euro.

Gustav ist in diesem Winter aber gestorben. Kleine Meerschweinchen werden unglücklich, wenn sie allein gehalten sind, und kleine Mädchen, die in der ersten Euphorie mehr Engagement versprechen, als sie im Alltag halten können, sind kein Ersatz. Also besorgten wir ein neues zweites Meerschweinchen, ganz bestimmt ein Weibchen, wie uns der schmunzelnde Landwirt versicherte. Dieses Mal konnte ich mich durchsetzen, und wir nannten den Neuzugang Pony, nach Emil Tischbeins Cousine Pony Hütchen.

So wie Emil nie Männchen war, ist Emils Cousine kein Weibchen. Schnell wurde Emil dicker und dicker und gebar alsbald zwei kleine Meerschweinchenbabys, die wir Pünktchen und Anton nannten und glücklich zu Freunden abschieben konnten.

Da ich für den Rest meines Lebens noch andere Ziele habe als unentwegt den Mist sich exponentiell vermehrender Meerschweinchen zu schaufeln, musste nun also Pony kastriert werden. Er überlebte die Vollnarkose, was bei Kleintieren nicht immer der Fall ist, und erholt sich jetzt noch ein paar Tage. Ende nächster Woche dürfen unser weiblicher Emil und unsere männliche Pony dann wieder gemeinsam durchs Gartengehege rennen und einträchtig nebeneinander Gras und Löwenzahn fressen.

Oder was sie sonst noch machen wollen.

Wie schnell die Zeit vergeht

Teddy ist nicht mehr der, der er mal war

Bei der Erläuterung der Kastration der Cousine habe ich einen Aspekt taktvoll verschwiegen, nämlich die Kastrationsangst. Nicht die der Cousine natürlich, sondern die von Teddy.

Teddy ist ja praktisch ein Körperteil des Kindes, kommt also zwangsläufig im Leben vor. Also dauernd. Da Teddy sich nicht wäscht, gleichwohl mit der Zeit doch etwas müfft, muss er gewaschen werden. Der Einfachheit halber steckten wir ihn ab und an in die Waschmaschine. Eines an sich schönen Abends streikte dann die Spieluhr im Inneren des freundlichen Wesens. War Seife eingedrungen? War der Schleudergang schuld? Das Kind zog und zerrte an der Schnur, die Teddy zwischen den Beinen hing, doch die Schnur schnurrte nicht wieder in ihn hinein, Wohlklang verbreitend. Und ein wenig befremdlich sah es auch aus, Teddy mit so einem langen dünnen Ding zwischen den Beinen … Beherzt griff die Mutter des Kindes zur Schere, um abzutrennen, was nutzlos störte. Da besann sich Teddy zügig eines Besseren, die Schnur schnurrte wieder und die Spieluhr spielte, das Kind lächelte.

Sicherheitshalber kam Teddy nie wieder in die Waschma-

schine. Gerüche wurden mit einem feuchten Tuch abgetupft, was nicht abging, blieb dran. Manches aber blieb nicht dran: Teddys Fell wurde dünn und dünner, an einigen Stellen des Leibes und des Gesichtes zeigten sich offene Wunden. Teddy zerfaserte und drohte als Nichts im Nichts zu verschwinden.

Vor Jahr und Tag wurde Teddy deshalb ein erstes Mal operiert, wir berichteten hautnah. In diesem Frühling musste Teddy bereits den dritten schönheitsoperativen Eingriff über sich ergehen lassen. Überrascht erkannten wir dabei: Kein einziges Teil an Teddy ist mehr original!

Nur die Spieluhr in seinem Innersten ist ganz die alte und spielt noch immer. Alles andere – die dünn gewordenen Beine, die licht gewordenen Ohren, die löchrige Bauchdecke – wurde in den rund sieben Jahren seines Lebens ersetzt: löchrige Stoffe durch neue Stoffe und dünne Fellteile durch Ersatzfellteile, gespendet von namenlosen, zerteilten, gehäuteten Hilfsteddys.

Nicht nur Teddy wurde erneuert und upgedatet und regelauncht. Auch das Kind und ich erneuern uns fortwährend. Der Mensch besitzt ungefähr 220 verschiedene Zelltypen, die unterschiedlich lange leben. Ständig sterben Zellen, und ständig bilden sich neue. Manche Zellen leben nur zwei Tage, andere viele Monate. Die Schnelligkeit der Erneuerung nimmt im Lauf des Lebens ab – und irgendwann ist sie so langsam, dass wir sterben.

Im Schnitt, so ist zu lesen, ist der Mensch alle sieben Jahre ein neuer, weil in diesem Zeitraum alle Zellen mindestens einmal erneuert wurden. Wie bei Teddy.

Das Kind ist auch sieben Jahre alt. Teddy ist nicht mehr derjenige, der er vor sieben Jahren war, und das Kind liebt ihn trotzdem wie eh und je. Auch das Kind hat sich komplett erneuert, und ich liebe es trotzdem wie eh und je. Auch ich bin runderneuert und werde (hoffentlich) geliebt wie eh und je.

Im Grunde genommen hat das Kind im Laufe der Zeit einen neuen Papa bekommen. Und ich ein neues Kind. Aber sind Kinder nicht sowieso jeden Tag und immer wieder neu?

Noch mal überlegen!

Mit kleinen Kindern ins Restaurant?

Können Männer kochen? Aber klar. Ich koche uns was Feines, lasse Kreativität walten, drei Schüsseln stehen auf dem Tisch, es riecht geheimnisvoll. Das Kind schnuppert argwöhnisch. »Papa, was ist das??« Kleine Pause. »Kenn' ich davon was??« Kleine Pause. »Am liebsten würde ich nur was trinken!!« Ich hab' mir so viel Mühe gegeben. »Papa ... das schmeckt merkwürdig ...« Das Kind hat recht.

Wenn meine Frau dann auch keine Lust hat zu kochen, gehen wir essen. Nun wohnen wir ja nicht gerade urban. Es gibt bei uns zum Selbstkochen nur drei Alternativen: eine Kneipe weiter nördlich, kurz vor dem Deich, und ein weiteres Restaurant weiter südlich, kurz hinter (!) dem Deich, und ein kleines Restaurant mitten in unserem Dorf. Heute bleiben wir im Dorf, queren die Hauptstraße, bei der Freiwilligen Feuerwehr rechts rein, vorbei an der »Frisör-Galerie« und am Bäcker, schon sind wir da.

Dezentes Licht, knisterndes Kaminfeuer, gedämpfte Gespräche, man nippt an geschliffenen Gläsern, wir rumpeln hinein. Das Kind kennt sich aus: Es hängt die Jacke an den Haken und verschwindet umgehend in der Küche, der Koch ist ihm bekannt, er ist von hier. In der Küche lehnt es in einer Ecke, stellt alle möglichen Fragen, erzählt kompromittierende Geschichten von zuhause und bekommt etwas zugesteckt als Vorspeise. Wenn es doch mal im Weg steht und weggeschickt wird, stöbert es die schon etwas ältere Tochter vom Pächter auf und zwingt sie zum Würfelspiel.

Wir Eltern haben uns derweil häuslich eingerichtet, häuslich heißt: in allernächster Nähe zur Spielecke. Mit langem Arm hole ich von dort Stifte, Papier und Lego und was der Kleinkindbeschäftigung mehr sind, um den Ganzlütten bei Laune zu halten, bis das Essen naht. Hat der Ganzlütte ein Bild fertig gemalt (fünf Sekunden) oder langweilt ihn das Spielzeug (Trecker vier Minuten, alles andere fünf Sekunden), werden Stifte oder Spielzeug diskret über die Kante des Tisches geschoben, sodass meine Frau und ich mitten im Gespräch blitzschnell in die Luft greifen, bevor erneut irgendwas auf den Fußboden kracht. Mit der Linken in die Luft greifen und auffangen, mit der rechten das nächste Spielzeug reichen, sich dabei gleichzeitig geistreich unterhalten – ein ritueller elterlicher Tanz. Ab und an kracht natürlich doch mal was auf den Boden, dann zucken alle in dem kleinen Restaurant zusammen und werfen komische Blicke.

Besuch in der Küche, Würfelspiele und Stifte schmeißen – all das dient der Überbrückung der Wartezeit auf den Pfannkuchen. Denn egal, was es Wohlschmeckendes oder gar Gesundes auf der Speisekarte geben mag, im Restaurant nimmt das Kind sicherheitshalber Pfannkuchen. Auch für den Ganzlütten haben wir einen bestellt, dann gibt es weder Streit noch Geschrei.

Bemerkenswerterweise essen beide Kinder ihren Pfannkuchen auf! Bei einer Siebenjährigen erwarte ich das, sonst mache ich mir Sorgen. Bei einem Eindreivierteljährigen erwarte ich das nicht und mache mir also Sorgen.

Nach dem Essen springt das Kind stuhlwerfend auf, um der Küche einen Besuch abzustatten und weitere Geschichten zu erzählen, während der Ganzlütte lautstark Spielzeug fordert. Komische Blicke. Es ist Zeit zu gehen, um nicht in einer Art möbiusschen Schleife zu landen …

Warum eigentlich gehen Eltern mit kleinen Kindern ins Restaurant?

Drei Frauen, die schimpfen

In einem öffentlichen Haus

Zu den Sommerferien gehören nicht nur die Sommerferien der eigenen Kinder, sondern auch die anderer, überwiegend fremder Leute, die im normalen Leben in Darmstadt wohnen oder in Oberhausen und die bei uns an der Küste ihren Urlaub verbringen.

Manche von ihnen liegen dann von morgens bis abends am Strand, andere erkunden die Umgebung. Zur Umgebung gehört auch das Pastorat. Diese Erkunder stehen dann in unserem Vorgarten und fotografieren das Haus mit dem großen Reetdach und dem kleinen Fahrrad vor der Tür. Wenn sie Pech haben, steht unser knallrotes Auto gerade vor dem Haus, dann sieht das Foto natürlich nicht so schön aus wie das im Reiseführer.

Und dann gibt es noch diejenigen, die das Angenehme mit dem Nützlichen zu verbinden suchen, also die Urlaubstage mit dem Besuch bei den verstorbenen Großeltern auf dem dörflichen Friedhof.

Es ist unvermeidlich, dass Kinder es ab und an mit Geschrei und Gezänk zu tun bekommen, mit Menschen, die schlechte Laune haben und schimpfen. Sogar bei Eltern soll das vorkommen. Und auch fremde Menschen schimpfen mal mit einem Kind, wofür es gute Gründe geben kann, im Straßenverkehr zum Beispiel. Dass aber fremde Menschen in die eigene Wohnung kommen und dort schimpfen, das ist eher selten.

Die Tür zu meinem Arbeitszimmer platzt auf: »Papa, da stehen drei Frauen in unserer Diele und schimpfen.« Interessant. Muss ich wohl mal nach dem Rechten sehen. Tatsächlich, da stehen drei Damen und schimpfen. Über den Zustand der Verwandtschaft auf dem Friedhof, also des Grabes. Das sei in

Pflege, sie hätten … beschweren … kann ja nicht sein … die Pastorin … schon damals … am Telefon … der Küster …

Ich versuche, einen Fuß in die Tür zu bekommen, also ein Wort in den Schimpf: Ich bin Autor und Vater und Hausmann und für die Pflege von Gräbern nicht zuständig. Das Kind ist fallweise für das morgendliche Aufschließen der Kirche zuständig, mitnichten für Gräber. Noch nicht mal die Pastorin ist zuständig, Friedhofsangelegenheiten obliegen dem Friedhofsverband. Was auch am Friedhof dransteht. Was ich zu erläutern versuche. Was mir nach einiger Zeit gelingt: Irgendwann treten die Damen den Rückzug an, leise grummelnd.

Aber nicht in jedem Fall treten alle freiwillig den Rückzug an. Wieder stehen Auswärtige in der Diele, »Ach, das ist ja schön hier!« Mmmh. »Schöne Deckenbalken!« Finde ich auch. »Wunderbares Treppengeländer!« Stimmt. »Und oben?« Was geht diese Menschen unser Schlafzimmer an? Allmählich dämmert es den Menschen. »Ach, äh, das kann man hier nicht besichtigen?« »Nö. Wir wohnen hier.« »Ach, wie schade.« Finde ich nicht.

Ein guter Moment, den Rückzug zumindest in Erwägung zu ziehen. »Wenn Sie dann jetzt vielleicht …« »Wirklich schön haben Sie es hier, wirklich schön!« Nun ja, mit all den Leuten in der Diele.

Ab und zu gucken auch mal welche zum Fenster rein, und wenn wir gerade zu Hause sind, begucken sie uns. Die sind dann links herum ums Pastorat gegangen, müssen allerdings, um rechts wieder rauszukommen, hinten über den kleinen Zaun steigen, der Gemeindegarten und Familiengarten optisch trennt. Die wollen das Haus offenbar von allen Seiten sehen. Also auch von der Seite mit den Meerschweinchen, der Sandkiste, der Wäschespinne, dem Erdbeerbeet. Die Brombeeren werden sowieso regelmäßig von Fremden geerntet, »Ach, ich dachte, das sei hier öffentlich.«

Öffentliche Brombeeren, öffentliche Meerschweinchen, öffentliche Deckenbalken. Nur unsere Nerven sind privat.

Wir ziehen um

Das neue Dorf hat keinen Bahnhof

Das Wohnzimmer steht voller Pappkartons, Teppiche werden aufgerollt und Bücher gestapelt, Regale werden zerlegt, dazwischen wuseln ein engagiertes Kind, ein begeisterter Ganzlütter und ein irritierter Hund: Wir ziehen um. So ein Umzug ist für alle eine sehr aufregende Sache: neue Gemeinde, neue Kirche, neues Pastorat. Und viele neue Gesichter. Wie aufregend muss all das erst für ein sieben Jahre altes Kind sein!

Natürlich waren wir in nicht geringer Sorge: Wie wird das Kind es aufnehmen? Wird es weinen? Wird es sich fürchten vor der Fremde, in den Nächten schlecht schlafen? Gerade die erste Klasse der Grundschule absolviert, schon wieder Änderungen und die gleich bündelweise: Schule, Freunde, Sportverein, Gemeinde, Kirche, Pastorat.

Wir haben es dem Kind sehr behutsam beigebracht. Das Kind sah uns mit großen Augen an und stellte zwei Fragen. Erste Frage: »Bekomme ich ein Zimmer, das so groß ist, dass die Rutsche endlich an mein Hochbett passt??« Zweite Frage: »Muss ich etwa zu Fuß zur Schule gehen??« Ansonsten große Freude beim Kind und nicht geringe Erleichterung bei uns.

Dem Kind geht es wie uns auch: Freude und Neugier, Abschied und ein wenig Wehmut gehen in diesen Tagen Hand in Hand. Das Kind muss seine Freundinnen lassen – und freut sich doch auf neue. Es muss vertraute Wege lassen – und freut sich doch auf die Entdeckung neuer Wege. Welch Zugewandtheit den Dingen, die auf das Kind und uns alle zukommen, welch Neugier! Wir hatten es uns schlimm vorgestellt, und siehe da: Ist es gar nicht!

Wir besichtigen unser zukünftiges Heim. Erkunden alle Räume

und den Dachboden, steigen in den Keller hinab. Wir gehen mit dem Zollstock auf und ab, messen hier und da. Die Kinder rennen durchs Haus und veranstalten einen Riesenkrach in der hallenden Leere. Der Ganzlütte erkundet sämtliche Abseiten. Wenn er sich verstecken will, werde ich lange suchen müssen ... Das große Kind darf sich sein neues Zimmer selbst aussuchen, na ja, mehr oder weniger selbst. Erste Antwort zur ersten Frage: Ja, das Zimmer ist so groß, dass die Rutsche endlich ans Hochbett passt. Und der Maler streicht eine Wand noch knallgelb.

Danach wird ein erster Besuch in der Schule absolviert: zum gegenseitigen Besichtigen. Fest an Papas Hand, aber eben auch sehr neugierig lässt sich das Kind alles zeigen. Dann spazieren wir zurück, von unserer zukünftigen Schule zu unserem zukünftigen Heim, einmal durchs ganze Dorf: fast zehn Minuten. Und da ist sie, die zweite Frage: »Muss ich etwa zu Fuß zur Schule gehen?? Durchs ganze Dorf??«

Das Kind ist ein wenig faul geworden. Da hatte man im letzten Jahr eine pädagogisch wertvolle Schule gewählt mit vielen Vorteilen und dem einen Nachteil, dass sie nur mit dem Auto erreichbar ist. Zieht man dann aber um, muss man dem armen Kind zumuten, tatsächlich zu Fuß zur neuen Schule zu gehen. Durchs ganze Dorf! Fast zehn Minuten!

Mich aber freut's: Das Auto kann stehen bleiben. Schule, Einkaufen, Kindergarten – alles zu Fuß erreichbar. Auch die graue Stadt am grauen Meer ist viel näher. Dahin fahren wir dann aber doch wieder mit dem Auto, denn das neue Dorf hat keinen Bahnhof. Das Kind ist konsterniert: »Es gibt hier keinen Bahnhof??«

Auch eine Erkenntnis, wenn man fünf Jahre von morgens bis abends das Hupen des kleinen Zuges am Bahnübergang im Ohr hatte: Es gibt Dörfer ohne Bahnhof! Aber, immerhin, mit Rutsche!

Neue Gefahren

Und der Rest im neuen Leben klärt sich noch

Das Wohnzimmer steht voller Pappkartons, Teppiche liegen aufgerollt, Regale sind zerlegt, dazwischen wuseln ein engagiertes Kind, ein begeisterter Ganzlütter und ein irritierter Hund: Wir sind umgezogen. So ein Umzug ist für alle natürlich eine sehr aufregende Sache: Den einen Tag kam ein großer Lastwagen mit fünf kräftigen Männern zwischen Mitte zwanzig und Anfang siebzig (kein Scherz!). Die verstauten sämtliche Kartons und Regalbretter und Schränke und Tüten und Ställe und Kinderfahrzeuge mit Müh und Not im Lastwagen. Dann verschwanden sie mit unserem Hab und Gut am Horizont.

Wir fuhren in unser neues Pastorat und nächtigten auf dünnen Matten in leeren Räumen, hoffend und bangend, dass unser Hab und Gut am nächsten Morgen wieder am Horizont auftauchen würde.

Es tauchte, der Lastwagen wurde entladen und das Pastorat mit Kartons und Schränken und Ställen annähernd unbewohnbar gemacht. Sämtliche Regalbretter wurden an die Wand gestellt, an der ich mit dem Regalbau beginnen wollte, die Kiste mit der Aufschrift »Wichtig! Kiste Nummer 1« fanden wir Tage später ganz hinten unten links, und eine Teekanne ging zu Bruch – kurz: Alles hat geklappt.

Die Begrüßung in der Gemeinde war überaus herzlich, die Versorgung für den ersten Abend und den ersten Morgen nahrhaft. Und auch die schlimmste Befürchtung des Kindes hat sich bewahrheitet: Es muss zu Fuß zur Schule.

Das machte es zwei Tage freiwillig. Das Kind wäre aber nicht das Kind, hätte es am dritten Tag nicht sein Fahrrad ins Spiel gebracht. Kinder ab der zweiten Klasse dürfen mit dem Fahrrad zur Schule fahren. Die Gefahren des Straßenverkehrs auf dem Dorf sind nicht zu vernachlässigen, aber – trotz Querung der Hauptstraße und schwerem Ernteverkehr – zu meistern, verglichen mit den Herausforderungen, die eine Großstadt an ein kleines Schulkind stellt. Also darf das Kind. Ich erläutere die Rechts-vor-links-Regel und warum es sinnvoll ist, auf der Straße rechts zu fahren. Das Kind hört zu, radelt los, ich radele hinterher. An der ersten Kreuzung muss ich ein bisschen laut werden, aber sonst geht es schon ganz gut.

Passenderweise bekam das Kind von der Patentante zum Umzug und Einzug ein Verkehrszeichenmemory geschenkt, sodass wir beim abendlichen Spiel ein paar Verkehrsregeln lernen, die das Kind am nächsten Morgen auf dem Schulweg bestimmt noch weiß. Sicherheitshalber fahre ich aber in der kommenden Woche noch mit.

Dann wird der Fernseher eingestöpselt, hier gibt es Satellitenfernsehen, das kannten wir gar nicht. Bisher wohnten wir unter Reet und baumumstanden, dem Reet war die Schüssel verboten, und im Garten war sie wegen der Bäume zwecklos. Hier klemmt sie unter dem First und liefert uns ungefähr 392 Fernsehprogramme. Nach einer halben Stunde Hinundherstöpselei haben wir die beiden wichtigsten Programme in der kleinen Glotze eingefangen, das Erste (Sportschau) und den Kinderkanal (Sendung mit der Maus). Die restlichen 390 Programme werden wir erforschen, wenn wir mal gaaanz viel Zeit haben.

Und natürlich erkunden wir die Kirche. Das Kind entdeckt umgehend den hinter einem Vorhang verborgenen »Geheim«-Gang hinauf zur Orgel. Und der Ganzlütte konstatiert verstört, dass die Kirchenbänke keine Türchen haben, die er während des Gottesdienstes in einer Tour auf- und zuklappen kann. Aber er ist praktisch veranlagt: »Kaputt!! Sind Werkstatt!! Sind reparieren!!«

Wenigstens das ist also schon einmal geklärt. Und der Rest im neuen Leben klärt sich auch noch.

Vater und Kind

Es hat sich gelohnt

Weihnachten ist vorbei, die ersten Ostereier wurden bereits im Supermarkt gesichtet, der von uns dafür boykottiert wird. Das große Kind geht in die Schule, das kleine Kind geht in den Kindergarten, die Pastorin bereitet eine Kirchenvorstandssitzung vor. Und ich?

Ich blicke sinnend aus dem Fenster, aber dort regnet es nur. Ich greife nach meinen Aufzeichnungen. Wie viele Eltern sammle ich die gelungensten Aussprüche meiner Kinder und kleine Anekdoten. Manchmal formt sich daraus eine Idee und aus der Idee eine kleine Geschichte. Doch heute stelle ich beim Blättern in den Anekdoten nur fest, wie groß mein großes Kind schon ist und wie viel Zeit vergangen ist: Neun Jahre ist es gerade geworden. Kinder, wie die Zeit vergeht!

Viele Notizen sind nur noch schwache Erinnerungen. So wie das Thema »Mutter-Kind-Turnen« einschließlich der Gegenmaßnahmen, die engagierte Väter gegen solche Verunglimpfung ergreifen, Parkplätze für »Frau+Kind« und das »Mutter-Kind-Becken« im Schwimmbad.

Heutzutage sehe ich das ganz locker. So toll emanzipiert bin ich mittlerweile, dass mich das nicht mehr kränkt. Ich brauche keine Wickeltische, um meinen Kindern Fürsorge angedeihen zu lassen, denn sie tragen keine Windeln mehr. Und parken kann ich, wo ich will, denn die Kinder haben gesunde Beine mit gesunden Füßen dran und können laufen.

Beim Weiterblättern in meinen Notizen und Erinnerungen stoße ich aber auf eine Anekdote, die ist so gut, die muss ich noch erzählen!

Es war in der grauen Stadt am grauen Meer. Ich schob einen

Kinderwagen vor mir her mit einem entzückenden, wachen kleinen Kind, das mit blanken Äuglein in die Welt sah. Ich war ein stolzer Vater. Da trat ein gebrechlich' Mütterchen an den Wagen und beugte sich über das Kind. Geduldig verharrte ich in Erwartung des unvermeidlichen »Duziduzi« und traute meine Ohren nicht: »Ach, die Mama ist weit weg?! Und jetzt musst du mit Papa vorliebnehmen?!« Bevor ich wieder Luft bekam, ging das Mütterchen seines Weges.

Vorliebnehmen! Papa als zweite Wahl! Die besten Antworten fallen einem leider immer zu spät ein: »Ja, da müssen die Kleine und ihre vier Geschwister durch, seitdem die Mutter mit ihrem Liebhaber durchgebrannt ist.« Oder: »Nö, ich bin gar nicht der Vater, ich hab' die Kleine gerade gefunden, dahinten im Park.«

Da ich keine Kinder mehr habe, die sich in Kinderwagen zwängen ließen, und kein Mütterchen mehr »Duziduzi« sagt, werde ich die Repliken nicht mehr brauchen. Aber vielleicht nützen sie einem anderen Vater, der schlagfertiger ist?!

Für mich sind die Themen »Emanzipation mit Kinderwagen« und »Mutter-Kind-Turnen« endgültig erledigt. Es ist alles gesagt.

Dachte ich. Doch am letzten Sonnabend waren wir wieder in der grauen Stadt am grauen Meer. Alle waren unterwegs, Weihnachtsgeschenke tauschen. Kein legaler Parkplatz weit und breit. Also doch ins Parkhaus. Der Wagen duckt sich und rollt ins Halbdunkle, ich fahre hierhin und dahin, suche eine Lücke und traue meinen Augen nicht: »Vater+Kind-Parkplatz«.

Dass ich das noch erleben darf auf meine alten Tage! Allein für dieses Schild hat es sich gelohnt! Und wehe, ich erwische eine Mutter, die ihr Auto hier parkt!

Vorankündigung

Rainer Kolbe

Noch mehr Tage als Herr Pastorin

Das Kind, das neue Dorf und der Hund

Das Beste aus 400 Kolumnen
Mit Illustrationen von Sina Arlt
144 Seiten, 13,5 x 20,4 cm, Softcover
ISBN 978-3-96194-131-5
(*erscheint im März 2021*)

Herr Pastorin und Familie ziehen um in ein neues Pastorat in ein Dorf, das nicht einmal einen Bahnhof hat! Immer noch lebt die Familie im Land im hohen Norden hinter den Deichen. Das Kind geht in eine neue Schule, der Ganzlütte startet in einem neuen Kindergarten. Die Pastorin hat eine neue Gemeinde und auch Herr Pastorin natürlich ein neues Gemeindeleben. Und sonst? Gurke geht, Senf nicht. Wie viele Fragen hat ein Kind? Papa arbeitet! Also das ganze Programm noch mal mit dem Ganzlütten … Einiges ist dann auch aber auch neu, zum Beispiel: Reptilien. Oder: Bubedistan. Heiter und unverwechselbar. Von Rainer Kolbe, mit den wunderbaren Illustrationen von Sina Arlt.

Mona Harry
Mutproben
(Neuausgabe)
Mit vielen farbigen
Illustratonen der Autorin
32 Seiten,
Hardcover, 12,50 €
ISBN 978-3-96194-127-8

Mona Harry
Norden
und andere Richtungen
Texte und Zeichnungen
von Mona Harry
152 Seiten,
Hardcover, 16,00 €
ISBN 978-3-96194-094-3

Norden. Wundern.
Unterwegssein. Blasenpflaster.
Süßspeisenmärchen.
Zwischentöne. Auf ein Wort.
Vor Ort.

Selina Seemann
Ahoi!
Gedanken aus dem Nichtschwimmerbecken
Mit Illustrationen
von Mona Harry
96 Seiten,
Hardcover, 15,00 €
ISBN 978-3-96194-112-4

Wiehnachtsgeschicht, Frauenarztbesuch, Supermarktwahnsinn, Briefe an das Finanzamt und Leonardo DiCaprio sowie die Frage, wo die Liebe ist

Karin Baron
Hamburg drunter und drüber
Fantastische Geschichten
Mit Illustrationen
von Mona Harry
128 Seiten,
Hardcover, 14,00 €
ISBN 978-3-96194-099-8

Zwanzig Geschichten von Orten, Tieren und Menschen aus Hamburg. Was Hamburg so einmalig macht!

Jan von der Bank
& Lena Winkel
(Illustrationen)

Die 7 magischen Klabauterknoten
Pikkofintes erste Reise
128 Seiten,
Klappenbroschur, 10,00 €
ISBN 978-3-945465-03-5

Die magische Flaschenpost
Pikkofintes zweite Reise
144 Seiten,
Klappenbroschur, 10,00 €
ISBN 978-3-945465-17-2

Der Schatz des schwarzen Klabauters
Pikkofintes dritte Reise
152 Seiten,
Klappenbroschur, 10,00 €
ISBN 978-3-96194-015-8

Eleanor Bick
Die geheime Welt der Gartendrachen
Mit vielen Abbildungen
80 Seiten, Hardcover, 15,00 €
ISBN 978-3-945465-57-8

Wunderbare Gartenfantasy. Pflanzen und Tiere sind Passion von Eleanor Bick. Eine fantastisch gezeichnete Welt.

Eleanor Bick
Fio & Tika und die Rettung der Bienenkönigin
Mit vielen Abbildungen
180 Seiten,
Paperback, 12,00 €
ISBN 978-3-96194-089-9